ON
A
CHINESE
SCREEN

在中国屏风上

[英] 威廉·萨默塞特·毛姆 / 著
张和龙 晏凯 / 译

天津出版传媒集团
天津人民出版社

果麦文化 出品

运河与船只｜约 1917 年摄于上海

黄包车｜约 1919 年摄于上海

码头边的船｜约 1919 年摄于上海

驼队｜约 1918 年摄于北京

长城｜约 1918 年摄于北京

马车｜约 1919 年摄于北京

运茶叶｜约 1919 年摄于北京

禁烟｜约 1919 年摄于北京

东四牌楼｜约 1919 年摄于北京

天坛圜丘｜约 1919 年摄于北京

街道｜约 1919 年摄于北京

圆明园雕花石柱 | 约 1919 年摄于北京

背行李的人 | 约 1917 年摄于四川

客栈小院｜约 1917 年摄于四川

挑重物的人｜约 1917 年摄于四川

牌坊｜约 1917 年摄于四川

遛鸟的人 | 约 1918 年摄于天津

街头理发、掏耳朵 | 约 1917 年摄于湖北

货船 | 约 1917 年摄于湖北宜昌

摆渡人｜约 1917 年摄于重庆

山城城门｜约 1917 年摄于重庆

编者按

威廉·萨默塞特·毛姆的一生是旅行和写作相结合的一生。他曾多次前往世界各地旅行，收集素材，创作了许多经典作品，比如《月亮和六便士》是他从塔希提岛旅行回来后以高更为原型写成的,《面纱》的故事发生在中国,《刀锋》源自他 1938 年的印度旅行。1947 年，他还创立了“毛姆文学奖”，用以资助优秀的年轻作家出国旅行。

作为一本游记作品,《在中国屏风上》记录了毛姆 1920 年前后游历中国的所见所闻、所思所感，以及当时一些在华外国人的生活图景。从创作者角度来说，本书所呈现的是英国作家眼中一百年前的中国，宛如透过镜子重返历史现场，管中窥豹，可见一斑。从体裁上来说，本书由原始的写作素材积累而成，是毛姆对 20 世纪 20 年代的中国的片段式“速写”，且其游历多依赖译员，其中所涉及人物、故事、观点均不可考其真实性，并带有历史局限性，需以辩证的方法看待。

目录

序[1]

这部合集收录了旅行中的种种见闻，此外读者会发现，其中若干个故事可能并不陌生，或许在哪儿看过；它们比较零散，共有十二篇左右，都曾被编入三卷本小说选里，当时那套书包罗万象，几乎囊括了我所写的全部短篇作品。眼下结集的几册书均创作于多年前：《在中国屏风上》于1922年出版，《客厅里的绅士》于1930年出版，《西班牙主题变奏》则是出版于1935年。作为反映旅途观感的文字，上述游记早就失去了时效性，亦即纪实的特色，而我也从未期望有人会将它们挖掘出来，重新印制发行。接着我开始编辑自己的短篇小说全集，在整理资料之际，《在中国屏风上》与《客厅里的绅士》突然又跳进脑海，我意识到两本书的某些故事，只需稍加修改润色，说不定能适得其所，于全集内占据一席之地。这绝非意味它们都是虚构的产物。恰恰相反，它们直截了当地铺陈事实，毫无做作的痕迹，堪比法国人所说的“报导”；其具体内容十分庞

1　本序言译自伦敦海因曼出版社1955年版《毛姆游记三种》一书序言的前三段，该书收录毛姆三本旅行笔记：《在中国屏风上》《客厅里的绅士》和《西班牙主题变奏》。《在中国屏风上》英文单行本无序言。（如无特殊说明，本书注释均为译者注。）

杂，既反映出我跟朋友们接触后形成的各类想法，还阐述了他们在交谈时向我透露的生活境况。以此为基础，如再增添几行说明充作简介，那么我写的文章就会变得同短篇小说无异，而导致该错觉的缘由，则应归于作者的阅历或体验。我曾度过一段异常丰富的人生，彼时碰见的每个人，面临的每次际遇，还有目睹或听说的每起事件，它们仿佛无须我来处理，几乎都自动转化成短篇小说般的叙述。创作《在中国屏风上》和《客厅里的绅士》时，我意不在写小说，倒更像是描摹现实；我的工作远非如小说家那样，为追求艺术效果而对素材进行合理引申；确切地说，我需要费尽心机修改任何太过离奇的信息，好使人读后不至觉得匪夷所思或难以置信。让我举个例子吧：《客厅里的绅士》中有一章讲的是我坐汽轮沿海岸线航行，由暹罗[1]首都曼谷前往柬埔寨白马[2]的旅程。船上乘客皆极其古怪，真可谓我见过的最荒诞、最无法理解的一帮家伙。他们个个喧嚣不已，简直能去演骚动吵闹的滑稽戏。除了某位意大利男高音之外，他们对我还是很友好的。那名歌手兀自坐在船头，也不同人说话，等到夜幕降临，就拿出吉他给自己伴奏，高声吟唱几组歌剧的选段。我用寥寥数笔描绘此人，却故意省略了如下细节：其实他身负命案，正在海外流窜避难，以免被引渡回国接受制裁。这么做的目的，就是顾及具体场景往往显得虚幻，我实在很难指望读者会相信上述情况是确定无疑的。倘若仅凭某些故事最近出现在我的短篇小说集里，我便将它们剔除出去，那么读者现在看到的这部合集定会失去许多原有的趣味。说到底，每个真切的故事实属游记之一部

1 暹罗（Siam），泰国的旧称。
2 白马（Kep），位于柬埔寨南部海滨，著名旅游胜地。

分，它们相互补充，共同构成了本书的整体风貌。

与其说《在中国屏风上》是一本书，倒不如说是一本书的原始素材。由于年事渐高，我对旅行的痴迷已大不如从前，但内心依旧十分热爱行走四方。我曾遍访世界各地，将责任统统抛诸脑后，那种无拘无束的感觉让我欣喜。当时我似乎相信，唯独在旅途之中，你才能发现眼前的时光不再匆匆，俨然具有了极其广阔的延展性，而就算计划赶不上变化，或许只够完成少数心仪的活动，你肯定也会毫不介怀，反倒觉得能轻松自如地做任何事情。这样看，仿佛又多出好几个小时的悠长空闲，你大可以去挥霍浪费，完全无须顾忌韶华易逝，更不必告诫自己切勿虚度每分每秒。若某人条件比较优越，却未考虑尽量使旅程舒适些，我虽认为他是个傻瓜，但亦清楚吃喝玩乐绝非重点，即便缺失仍对赶路没什么影响。我青睐美酒佳肴，可艰苦跋涉的日子里，风餐露宿堪称常态，故见到几碗最难下咽且无比单调（更糟糕）的饭菜，我也愿意欣然接受，甚至还能甘之如饴。在南太平洋地区，我日复一日拿牛肉汉堡果腹，岂料竟未出现半分食欲不振的状况（不过必须承认，当我回到美国旧金山时，有人递来一个牛肉汉堡，我看到遂立马开始反胃）；另一回我抵达马来群岛的某个海屿，谁知那儿食物太匮乏，结果每天三餐仅靠剥香蕉充饥，此后我便对这种热带水果厌恶得要命。无论是西萨摩亚[1]萨瓦伊岛的乡民屋舍，还是中国境内江面上的敞篷货船，我置身其中，随手找块草垫子囫囵躺下，照样能舒舒服服地整夜酣眠。我更曾顺路搭乘汽艇，兴致勃勃地枕着装满干椰肉的麻袋入睡，没

1　西萨摩亚，今萨摩亚（Samoa），位于太平洋南部，首都阿皮亚。

承想周围皆高低起伏，个中滋味应该最是难受不过。然而每晚抬眼望去，南十字星座[1]就在头顶熠熠生辉，惹得整片星空绽放出多么璀璨的光芒！我喜欢跟三教九流打交道，他们与我的生活产生交集，彼此间通常仅存一面之缘，将来也不会再接触，所以我从未觉得对方平庸无聊、乏善可陈。恰恰相反，结识这些过客可谓趣事一桩，我总爱揣测某位新朋友的品质，并拿他同我以往遇见的表现出类似特征的熟人相互比较。大体上说，人们容易将自己归入有限的几种典型，而你一旦发觉朋友的特质及癖好合乎先前的设想，那么你心里定会感到其乐无穷、妙趣横生。你去户外欣赏美景，有时意识到自然界的鬼斧神工，竟呼应了某画家作品里的美学效果；同样的道理，你也常邂逅不少似曾相识、恍若从书中走出来的标志性人物。比如吉卜林[2]小说的角色，我去东方的那阵子就发现这家伙简直随处可见。四十年前，吉卜林描绘了一幅印度次大陆人民的生活画卷；后来我却无从知晓，当时亲眼所见的乡亲是否属于那群男女主人公的后裔，或者说他靠反复研读吉卜林的精彩故事，有意识地扬长避短，这才将自己的禀赋塑造得与作品原型如出一辙。你听他夸夸其谈，耳畔充斥着无比熟悉的著名语句；从貌似流露真情的言行中，你留意他所坚持的处世原则，其态度相当陈腐，就算考虑到时代背景也难称反映了现实。总之，无论说话还是举止，他都使你不禁生出某种非常滑稽的感受。此外，你无疑会碰上另一种很罕见的情景，即偶然间交到一位极富个性的朋友，你顿时紧张激动起来，

1　南天星座之一，位于半人马座和苍蝇座之间。

2　约瑟夫·鲁德亚德·吉卜林（Joseph Rudyard Kipling, 1865—1936），英国小说家、诗人，1907年诺贝尔文学奖获得者。

因为他特立独行，迥然异于你所认识的任何伙伴。你和他碰面的地方着实难以预料：可能同乘一艘经不起风浪的驳船；也许远至中国西藏边境，携手游览高墙环绕的小镇；抑或是漂洋过海，在印尼阿鲁岛上的椰子种植园里相逢。他渐渐习惯了孤独的生活，这极不寻常的际遇使他跨越了我们西方文明的阻碍，毫无章法地任由自己的天性恣意发展，而普罗大众则没有显著的差别，他们始终肩负着西方文明的重压，至少从表面看都是千篇一律的脸孔。（唉，话虽如此，但人的主观思维多么容易受外部环境影响啊。）这位老兄可能不太聪明，他甚至显得有点儿疯狂，说不定还很邪恶狡诈、粗野下流。尽管如此，老天做证，他浑身就是透出一股古怪的味道，仿佛准备要自立门户，简直不屑与任何平庸之徒为伍。如你对人性感兴趣，那见到他你该会心潮澎湃、雀跃不已。你貌似平静地与他沟通交流，其实内心却既兴奋又欣喜，如同聆听伟大的音乐般，你竭力压制住胸口涌起的阵阵悸动。他们身上有种令人耳目一新、极富感染力的气质。我认为原因在于，他们借助自然的伟力，使自己脱胎换骨，进而获得了某种不落窠臼的鲜明属性。他们纵横四海，所向披靡，那广阔的世界正是他们用来创造独特风格的舞台。

我在1920年远赴中国，彼时清王朝刚被推翻不久，辛亥革命的余波也还未完全平息。而由军阀组建的临时政府，通过强力整顿，使全国的治安基本趋于稳定，因此旅行者尚可自由出入，沿途不会遭受无端的阻拦或骚扰。路上我没有记日志，从十岁起我就改掉这种习惯了，但每至一处，凡是遇到些引发兴趣的人物及事件，我都会做好记录，隐约觉得这些素材颇为难得，将来编故事或写小说时或许能加以利用。随着手头资料越积越多，我遂有了新的主意，何不把它们汇聚成篇，创作出一部中国之旅的连贯报道呢？回国后我便忙碌起来，开始分门别类地整理所获信息。我费了好大劲才弄清楚所有内容，因为字迹已变得模糊，其中没几句话是用钢笔写的，多数姑且可称作我拿铅笔随意画的涂鸦；当时条件艰苦，身边又缺少文具，我只好去路旁买东西，扯下黄色的包装纸备用；走累了我就钻进轿子让苦力抬着，顺便把想法草草记录在案，若需改沿水道通行，我便蹲坐于舢板中央，将包装纸摊在膝盖前匆忙画上几页。后来我总算给文稿排了序，正准备进一步修改，却发现它们似乎散发出清新灵动的气息，这应该源自我及时勾画的未经时间淬炼的鲜活印象。假如我仍要按计划打磨粉饰这些文字，那它们就会失去上述可遇不可求的新奇感。于是我再次调整目标，认定只需稍微使行文更简洁些，并尽量移除赶工造成的疏漏便已足够。对于不时喜欢纵情想象的读者而言，我希望这本书中我所看到的点滴画面，能帮助他们重现那幅真实，并且还可能是充满活力的中国图景。

威廉·萨默赛特·毛姆

1955年

1
帷幕升起

你来到几幢小屋跟前，它们一字排开，挤在通往城门的路边。这些用泥坯搭建的房子破败不堪，几乎经不起微风的抚弄，随时可能坍塌成土屑，回归造就它们的大地。一队满载货物的骆驼，步履沉重又小心翼翼，从你身边走过时却表现出轻蔑的神色，仿佛它们是投机发家的豪商，为了贸易才不得不跨越山川，来到这片民生惨淡的世界。一群人穿着破旧的蓝布衣衫，三三两两聚集在城门口，等到一个头戴尖帽的青年骑着蒙古矮马飞驰而过时，他们便轰然而散。几个孩子手拿土块围在一起，追打着一只瘸了腿的狗。两位身材发福的老爷穿着印花黑绸长袍和丝质短袄，站在路边寒暄。他们每人手里都拿着一小截木棍，上面站着一只脚上拴着细绳的小鸟。这两位老爷是出来遛鸟的，碰面后还客气地比较了一番各自宠物的优劣。鸟儿不时拍动翅膀飞到空中，由于被绳子扯着，很快又会回到木棍上来。见此场景，中国老爷笑着查看他们的宠物，眼里满是柔情。这时来了一个外国人，一群粗鲁的男童朝着他大喊大叫，声音傲慢又尖刻。他们身后那段没有雉堞的老城墙颓败崩裂，看上去像极了旧照片中的某处十字军东征时期的巴勒斯坦城墙。

你穿过城门，来到一条窄街上。街道两旁店铺林立，许多门面由工匠细致雕刻而成，周围还装饰着贴金描红的雅致格窗，散发出一种美人迟暮的独特气息。店铺幽暗深邃，你不禁想进去看看，里面究竟售卖着多少出自美妙东方的奇珍异宝。这条街既狭且长，路面凹凸不平，然而到处都是汹涌的人潮。除此以外，还有扛着沉重货物的苦力，边走边发出短促尖锐的呼喊要行人避让；也有沿街叫卖的小贩，扯着沙哑低沉的嗓子来夸耀手中的物品。

就在这时，一头毛亮体健的骡子拉着一架北京马车，不疾不徐地走来。车上有亮蓝色的篷子，下面是巨大的车轮，车轮边缘镶嵌一圈钉子，车夫则晃荡着腿坐在一侧的车辕上。正值黄昏时分，远处某座寺庙的后方，一轮红日已斜。夕照下，那飞檐翘角的黄色屋顶显得格外美丽。北京马车悄无声息地从你身旁走过，车篷前的帘子拉了下来。你不禁想知道，帘子后面盘腿坐着个怎样的人。也许是一名熟读经典的大儒，驾车去赴朋友之约。他们会依照繁杂的旧礼互致问候，然后一起抚今追昔，嗟叹那不复存在的唐宋盛世；也许是一位满身锦绣的歌女，青丝中簪着碧玉。她盛装应召而来，准备参加一场宴会。席间她要调弦唱曲，也要同品位不俗又识得雅趣的风流才子进行机敏应答。你正思索着，却见这辆北京马车消失在渐浓的夜色中，仿佛承载着东方所有的神秘故事。

2
夫人的客厅

“我想我完全能让它大变样。”她说。

她轻快地环顾四周，眼睛里闪着亮光，为自己充满创意的想法而激动不已。

这原本是城里一座规模颇小的古寺，她买下后，正着手改造成自己的住宅。寺院于三百年前由仰慕某位高僧的百姓筹资建成，以供其参禅弘法。高僧在这里潜心礼佛，精进苦行，度过了人生的最后时光。在之后的很长一段时间，为了纪念他的大德，很多信众都来参拜这座寺院。然而时光流转，寺院香火大不如从前，终究沦落到破败失修的境地，连最后仅存的两三个僧徒也被迫离开了。经过长年的风吹雨淋，屋顶的绿瓦间长满了杂草。室内横挑天花的大梁上还残留着红底描金的龙形纹饰，颜色虽已褪去，却依然呈现出美感。不过她不喜欢昏暗的天花板，于是拉起一大块帆布将天花板隔开，再糊上一层白纸。她在一边墙上开了两扇大窗，以便通风和采光，而且正好可以用上她存着的几块尺寸合适的蓝色窗帘。蓝色是她最喜欢的颜色，因为它能衬托出她眼睛的神采。此外，厚重的红木圆柱体积庞大，让人觉得有些压抑，她就用纸把柱子全部糊了一遍。这种纸不是一般的纸，看上去不像产于中国。更巧的是，她还有另外一种纸来糊墙面。墙纸是她从本地的店铺买的，却也可能是桑德森公司的进口货，上面印有好看的绿色条纹，糊在墙上马上就能让屋子明快亮丽起来。背面的墙上有一处壁龛，里面原本放着一张巨大的漆木香案，其后供奉过一尊表现佛陀入定的塑像。历代的善男信女在这里焚香点烛，为了今生喜乐抑或来世解脱而向佛祖祈愿。然而在她看来，此处放一只美式火炉再合适不过。至于地毯，她不得不在中国购买，不过她设法买到了一条足以同英国阿克明斯特地毯相媲美的本地货，其质量几可乱真，若不细看别无二致。手工制作的本地货固然缺少英国货的光滑质感，却无疑是她所能找到的最合适的替代品。她得知有个公使馆的人员要离开中国前往罗马任职，便从他的手中买下了一套非常高级的家具；为了制作与之配套的宽松罩面，她又弄来了产自上海、颜色鲜艳的上等印花棉布。

她具有不俗的艺术品位，有时甚至会自己去买画，朋友也曾送画作为结婚贺礼，因而她幸运地拥有了不少画作。把这些挂在墙上，房间就有了温馨的氛围。她需要屏风来装饰房间，然而在这一点上，即使是她也无能为力，只得买来一扇中国屏风。不过机智如她，大可以辩称：就是在英国，家中摆一扇中国屏风也是毫不违和的，更何况在中国呢。她收藏了许多镶有银质相框的照片，其中还有两张是签过名的，分别是德国施勒苏益格-荷尔斯泰因公主与瑞典女王的肖像。为了给房间一种有人居住的感觉，她把这两张照片都放在了三角钢琴上。一切都布置妥当后，她打量着自己的劳动成果，感到心满意足。

“当然喽，这怎么看也不像一间伦敦的屋子，”她说，“不过，要是放到英格兰某个宜居的好地方，比如切尔滕纳姆[1]或者坦布里奇韦尔斯[2]，那倒也还算说得过去。”

1　切尔滕纳姆（Cheltenham），英格兰西南部城市。
2　坦布里奇韦尔斯（Tunbridge Wells），英格兰东南部城市。

3

蒙古酋长

天知道他是从哪个神秘的远方过来的，或许是堪称天险的蒙古高原。那里人迹罕至，周围层峦叠嶂，草木稀疏，怪石嶙峋。他顺着蜿蜒的山径一路驰骋而下，穿越守卫在关隘的塔楼，直抵有着中土门户之称的古老大河。其时晨光明媚，两岸丘陵起伏，显出夺目的绿影。数百年来，不知多少商旅，从河床的沙石上踩踏而过，于是便形成了一条崎岖不平的通道。该地疾风凛冽，却常年天朗气清。四季流转，从拂晓至日暮，过路的客商始终络绎不绝。背着茶砖的驼队由这儿出发，前往七百英里[1]以外的库伦[2]，此后再进入西伯利亚；驯顺的阉牛拉着货车，排成一列依次通过河床；强健的矮马则拖着板车，三三两两接踵而至。与此同时，反向进入中国的道路上，也有骆驼商队将各色毛皮带到北京的市场，还有排成长龙的大车，以及不时经过、成群结队的马匹和山羊。然而他的目光并未停留在这熙攘的风景上。他似乎毫不在意其他人进出关口的身影。随他一道同来的，还有六七个随从。他们骑着疲惫的老马，经过辛

1　1 英里约等于 1.6 千米。

2　库伦（Urga），蒙古国首都乌兰巴托的旧称。

苦跋涉，固然显得风尘仆仆，但仍不失好勇斗狠的性情。他们散漫地聚在一起，沿着土路缓缓巡游。他头戴蒙古特色的貂皮高帽，身穿亮黑丝绸衣裤，裤脚塞在前端上翘的长筒马靴中。他挺直身板，策马高傲地走在前面，与随从保持着一定距离。骑行间他昂首注目，你不禁琢磨他是否在思索往事。遥想当年，他的祖先就是这样策马入关，横行于肥沃的中原大地，而那里有无数富饶的城市。

4 漂泊者

见面之前我就听说过他的非凡事迹，因而满心期待他是个气宇轩昂之人。在我看来，经历如此独特之辈，其外表也必定与众不同。见面后我却发现，他的相貌简直无可称道。他个子不高，比一般人还要矮上一截，身形瘦弱，皮肤黝黑，长着一双棕褐色的眼睛，年岁尚不满三十，但已渐生华发。他看上去和别人没什么两样，你可能见过他五六次，却仍然记不住他是谁。倘若碰巧在百货商店的柜台后面或者经纪公司的高脚凳上见到他，你定会觉得这些地方对他来说最合适不过。可你不会对他有什么印象，因为他就像柜台或高脚凳一样，毫不值得你去多看几眼。他身上让人瞩目之处实在太少，最后反而变得耐人寻味：在你看来，他的面容平淡无奇，宛如宫殿的高墙一样了无修饰。然而你明白，虽然墙外的街道破烂不堪，墙内的庭院却描金饰粉、雕龙画凤，不知藏着多少精妙复杂的生活真谛。

说起来，他的整个职业生涯的确十分出彩。他父亲是个兽医，自己早年做过伦敦警察厅的书记，后来在一艘商船上当乘务员。船开到布宜诺斯艾利斯后，他弃船登岸，通过打各种零工，走遍了南美洲各地。他从智利的一个港口搭船，设法前往马克萨斯群岛。他遇到了对待白人十分好客的土著居民，便靠着他们的接济住了半年，接着又搭上一艘帆船去塔希提岛。最后，他在运送中国劳工前往社会群岛的旧船上做二副并辗转来到了厦门。

就这样他开始在中国生活，九年后我们才见面。起初他在英美烟草公司上班，可没过几年就觉得这份工作太单调乏味。那时他已掌握一定程度的中文，便应聘去了一家商行，负责在全国各地分销专利药品。他在外奔波了三年，一个省一个省地售卖药丸，最后攒下了八百块大洋。他兜里揣着钱，又过起了四处漂泊的生活。

这时他决意进行人生中最了不起的冒险。他乔装成本地贫民，卷起自己的铺盖，带上烟管和牙刷，从北京出发一路西行，穿越了整个国家。旅途中他投宿当地的客栈，与其他赶路人同吃同住，饿了就吃土菜土饭，困了就挤到炕上睡觉。单单这点，他能做到就很不容易。他甚少坐火车，而是靠步行、搭马车，或坐轮船，完成了大部分行程。他横穿山西和陕西全境，顶风踏上茫茫蒙古高原，甚至还险些丢掉性命。他去沙漠中的游牧部落生活了好几周，又跟随运送砖茶的商队跨过荒烟蔓草的戈壁。四年后，他把最后一块大洋也花光了，于是再次回到熟悉的北京城。

他想找点事情做，而最容易赚钱的似乎就是从事写作了。当时有许多英文报纸在华出版发行，其中一家的编辑向他约稿，想请他写一组报道来介绍旅途中的见闻。我想他只会面临一个难题，那就是如何从丰富的阅历中选择合适的素材。他这一路上收获巨大，对所有英国人来说，这些观感或许只有他才知晓：古意盎然的、引人入胜的、毛骨悚然的、忍俊不禁的，还有出乎意料的，他可是看遍了神州大地的风土人情。他一共写了二十四篇稿子，我并非想说这些文字不堪卒读，从中依然可以体味到，作者写景状物时细致入微又感同身受的真情。然而经过他的观察，这些东西还是显得任意无序，或者说他的描述毫无章法，仿佛依然停留在为艺术创作搜集材料的初级阶段。他的作品宛如陆军或海军仓库里的目录清单，虽然对奇思妙想者来说堪称是一座宝藏，却算不上文学，只是一堆文字材料而已。他四处漫游，像田野里的博物学家般，耐心细致地记录所见的一切。这些材料取之不尽，但是很遗憾，他缺乏归纳综合的天赋：他笔下的故事细节，依然有待思维更敏锐者去提炼和升华。与博物学家的差别在于，他从不收集动植物，而是对各色人等感兴趣。尽管他的藏品举世无双，他却对这些东西知之甚少。

我见他的目的，是想去了解丰富的阅历会给他本人带来怎样的影响。他是个愉快友好的家伙，满脑子的趣闻轶事，也乐于把旅途观感和你讲个不停。可尽管如此，我倒发现，他的这些奇遇冒险从未真正触动内心。他做过许多古怪的事情，其动机来自他灵魂深处特立独行的个性。他对文明世界感到厌烦，不由生出离经叛道的冲动，以致喜闻乐见人生中的异变。无法满足的好奇心驱使他不断漂泊流浪，但是在我看来，他的这些经历只可算作感官刺激，并未由眼及心转化为精神食粮，也许这就是为什么你终究还是觉得他流于平庸。那空洞苍白的外表，恰恰真实反映出他毫无特色的本质。甚少修饰的高墙背后，还是白茫茫一片空洞荒凉的大地。

毫无疑问，这也就是为何他积累了如此多素材，写出的东西却索然寡味。究其原因，要想做到下笔有神，拥有丰富个性远比占据海量资源更为重要。

5
内阁部长

他接待我的地方是个狭长的房间，沙石铺满了对面的花园。矮小的灌木蔷薇已然凋谢，高大的古树兀自茕茕孑立，叶落枝垂。室内有一张方桌，周围配若干方凳。他让我于方凳上坐下，自己则坐在了我的对面。一名仆人随即端上来两杯花茶和美国香烟。他体形偏瘦，中等身高，双手纤细而优雅。他透过金丝边眼镜打量着我，双眼既大且黑，流露出忧郁的神色。他穿着褐色丝质长袍，外套黑色丝质短衫，头戴宽边低顶毡帽，再加上亲切的笑容，看上去就像是个读书人或者梦想家。

他脸上洋溢着动人的微笑，对我说道："三百年前，满族人在马背上夺取了天下，所以我们中国人至今都穿着马褂长袍[1]，你不觉得很奇怪吗？"

我颇不以为然，便说："相比而言，如果阁下戴着圆顶礼帽，是因为英国人打赢了滑铁卢战役，那才叫奇怪得很呐。"

"你觉得我为什么仍穿长袍马褂呢？"

1　原是满族人骑马时所穿的服装。

“这个不难解释。”

他十分讲究礼节，我想他可能碍于面子不会向我问个究竟，所以就急忙想出几句奉承话，对他的着装吹捧了一番。

他摘下帽子，望着它轻声叹了口气。我朝房间扫了一眼，只见地上铺着一块绿色的布鲁塞尔地毯，上面绣有锦簇的花团纹样，靠墙摆放着雕工细致的红木椅子。天花板下方的墙壁周围安装了画轨，上面用丝线悬挂着不少风格各异、相映成趣的艺术作品：有装裱成卷轴的书法条幅，笔力刚健柔美，据说皆是中国古代名家的真迹；也有镶嵌在亮金色边框里的布面油画，其质量亦属上乘，在19世纪90年代完全有资格参加英国皇家艺术学院的展览。内阁部长办公的地方则是一张美式拉盖书桌。

他同我谈起当前中国的局势，言语间神情十分悲伤。在他看来，人们正在无情地摧毁一个世界上最古老的文明。那些从欧美留洋回国的学子，满脑子只想着如何推翻无数先辈开创的基业，从未考虑过应该在其上建立起怎样的新世界。他们没有爱国之心，也没有宗教信仰，更不懂敬天法祖的道理。许多寺庙都失去了僧侣和信众，逐渐沦为无人问津的废弃之地。过不了多久，这些建筑之美就只能存留在人们的记忆中了。

然而就在这时，他摇了摇那双纤细优雅的手，不再继续谈论这个话题。他问我，是否愿意参观他收藏的一些艺术品，我们便起身去欣赏室内的陈列。据介绍，这些文物都非常贵重，堪称价值连城，其中包括各式瓷器、青铜器，以及唐代的塑像。我注意到一尊从河南墓葬中出土的马匹，其雅致的风格和精美的造型竟与希腊雕塑如出一辙。他的办公桌旁还有张大桌，上面摆满了书画卷轴。他随手挑出一卷，拿着顶端，要我慢慢将其展开。我欣喜地认出，这是幅中国早期某个朝代的水墨画，只见山峦在氤氲的云气中时隐时现。他则在一旁看着我，眼里充满了笑意。这幅看毕，他又接二连三地向我展示其他的画作。很快我就感到过意不去，表示不该继续占用他繁忙的公务时间，而他却坚持要我留下来。接着他拿出了更多的卷轴，乐此不疲地向我介绍这些画所属的流派和年代，以及作者当年的趣闻轶事。看得出来，他的确是书画鉴赏方面的行家。

“这些都是我最珍贵的收藏品，如果有可能的话，我希望你能领会它们的美，”他指着挂在墙上的卷轴说道，“从中你可以窥见中国书法的最高境界。”

“比起绘画，您是不是更看重书法？”我问他。

“正是。书法之美更加纯粹脱俗。不过书法艺术简朴而玄奥，欧洲人很难在其中找到共鸣，这我完全可以理解。我想，你们对中国事物的审美品位，往往都有点儿强调那种怪诞的异国风情吧。”

他拿出几本册页让我翻看，里面的绘画真是太美了！收藏家都喜欢故弄玄虚，轻易不将自己最珍视的东西示人，以期给观者带来意想不到的戏剧效果。这位长官也不例外，直到最后才给我看他的“镇宅之宝”。这本册页包括一系列尺寸略小的花鸟画，寥寥数笔挥洒开来，显得颇为写意；然而其中的留白，却自有一股发人深省的力量，蕴含着画家道法自然的决心和举重若轻的柔情，简直令我叹为观止。几朵清新娇艳的梅花开在枝头，就足够释放出春天的所有魅力；几只羽毛蓬乱的鸟雀振翅嬉戏，则分明呼应了生命的悸动与韵律。这不愧是一代艺术大师的杰作。

“那些留洋美国的学生能创作出这样的艺术品吗？”他问道，不无遗憾地笑了笑。

其实，我早就知道他的斑斑恶迹。对我而言，这是此行最有趣的地方。为达目的他不择手段，既贪污腐败，还常常怠工渎职。欺压百姓他很有一套，用最卑劣的方法，积累了万贯家财。他阴险狡诈、冷酷无情，不仅唯利是图，而且睚眦必报。可以说，就是像他这种败类，使中国面临无比危急的险境，为此他竟还能满脸真诚地表示遗憾。然而，当他捧起某只天青色小花瓶时，他下意识地微弯双手，仿佛带着令人沉醉的温情；他从来也没有转移过视线，好像要用忧郁的目光将其抚弄把玩；他嘴唇半张却欲言又止，似乎能听见一声充满欲望的叹息。

6
晚宴

（1）使馆区

中国-阿根廷合资银行的瑞士董事到了，同来的还有他那身材高挑、容貌出众的妻子。这位女士毫不吝惜，尽情展示自己妩媚的风情，但未免让人感觉有点儿不知所措。据说她曾是个水性杨花的女人。难怪当她碰见一位早到的英国老小姐时，对方只是和她皮笑肉不笑地寒暄几句。这位老小姐身穿橙红色缎子衣服，胸前挂着一串珠子，态度显得十分冷淡。这时，危地马拉公使与黑山代办一同走了进来。代办先生难掩脸上极度焦虑的表情，他不知道今天的场合是一次重要的正式宴会，还以为只是应邀参加一个小圈子里的饭局，也就没有在制服上佩戴全套勋章。然而危地马拉公使却是盛装出席，胸前可谓星光熠熠。天哪，这该怎么办？一时间，他竟情绪激动起来，觉得自己的疏忽似乎马上就要引发外交冲突了。后来，他注意到两名中国仆人的身影，他们身穿丝质长衫，头戴方形帽子，手里端着鸡尾酒和俄式冷菜拼盘。见此情景，他心中的懊恼不禁缓和了许多。接着，一位俄国公主仪态万方地翩然而至。她发白如雪，穿一身高领黑绸长裙，看上去就像是维克托里安·萨杜[1]剧中的女主角——早已过了激情燃烧的青春年华，如今则靠钩织衣物来虚度光阴。要是你和她谈论托尔斯泰或契诃夫，她准会认为你无趣得很；然而只要说到杰克·伦敦[2]，她却能兴致勃勃地聊个不停。她向那位上了年纪的老小姐提问，而老小姐并没有回答她。

“那些关于俄国的愚蠢可笑的书，怎么都是你们英国人写的？”她问道。

这时，英国公使馆一等秘书到了。他入场时派头十足，那情形堪称无比重要的外事活动。他个子很高，有些谢顶，却举止优雅，而且穿着考究。危地马拉公使那一身耀眼的勋章令他很是吃惊，不过他投向公使的目光仍然不失礼貌。见此情景，黑山代办赶忙窜到英国公使馆一等秘书跟前，想就自己身上穿的褶边衬衣问问他的意见，并请他务必实话实说。虽然代办常常自诩为外交使团中衣品最好的人，可他却摸不准英国公使馆一等秘书是否也持有同样看法。这位英国人将一只镶金边的镜片凑到眼前，神情凝重地端详了片刻，接着便对代办先生大加赞赏，言语中净是溢美之词。如今所有人几乎都到了，只是还未看见法国武官夫人的踪影。他们说她总是姗姗来迟。

“她真让人受不了。”瑞士银行家那位美艳的妻子用法语说道。

不过她终究还是来了。只见她款款走进大厅，一副毫不在意的样子，仿佛让众人等了半个小时完全无关紧要。她脚上鞋子的跟简直高得不像话，加上身材又很瘦，因此可以说是卓尔不群。她衣着

1 维克托里安·萨杜（Victorien Sardou, 1831—1908），法国剧作家。
2 杰克·伦敦（Jack London, 1876—1916），美国小说家。

暴露，引人浮想联翩，感觉就好像她身上什么也没穿似的。她留着烫成波浪卷的金色短发，妆容大胆前卫，俨然是后印象派画家所描绘的那位宽容忍耐的格丽泽尔达[1]。无论她走到哪里，周围总充斥着浓烈的奇香。危地马拉公使过来向她致意，她便伸出一只珠光宝气却瘦弱不堪的手让其亲吻；谈笑间，她仅用几句话就使那位银行家的妻子自惭形秽，相形之下显得既臃肿笨重，又粗鄙落伍；她随口同英国老小姐开了个不合时宜的玩笑，弄得对方一度尴尬不已，直到想起这位法国武官夫人系出名门才释怀；在忙于应酬的同时，她还一口气喝了三杯鸡尾酒。

晚宴开始了。席间人们谈笑风生，不仅能听到嘹亮悦耳、音调起伏的法语，也夹杂着略显生硬、磕磕绊绊的英语。从他们口中可以得知，某某公使刚从布加勒斯特[2]或利马[3]写信回来，某某参赞夫人不是觉得克里斯蒂亚那[4]太单调就是认为华盛顿太奢华。无论是在君士坦丁堡[5]、伯尔尼[6]、斯德哥尔摩[7]还是在北京，他们做的事情都完全相同。因此从总体上看，待在哪个国家的首都对他们来说并没有多少区别。他们受到各种外交特权的保护，因社会影响日益增强而沾沾自喜。他们所处的世界绝不是哥白尼所设想的那个样子，因为在他们眼里，日月星辰总绕着我们的地球转动，屈服于它的威名，而他们才是地球的中心。没人知道为何那位英国老小姐会来参加这

1　格丽泽尔达（Griselda），欧洲民间传说中以温顺善良而著称的女性人物。
2　布加勒斯特（Bucharest），罗马尼亚首都。
3　利马（Lima），秘鲁首都。
4　克里斯蒂亚那（Christiania），挪威首都奥斯陆（Oslo）的旧称。
5　君士坦丁堡（Constantinople），土耳其城市伊斯坦布尔（Istanbul）的旧称。
6　伯尔尼（Berne），瑞士首都。
7　斯德哥尔摩（Stockholm），瑞典首都。

场聚会，瑞士董事的妻子私底下信誓旦旦地宣称她是德国派来的间谍，而实际上她却对中国这个地方十分熟悉，甚至算得上是权威人物。她会告诉你中国人知书达理、温文尔雅，要你无论如何也该知道他们的慈禧太后，那可是个了不起的大人物。你很清楚如果换作是在君士坦丁堡，她依然会用同一套说辞让你相信，土耳其人个个都是正派的绅士，苏丹王妃法蒂玛不仅温柔美丽，而且能说一口流利的法语。她犹如一叶浮萍，好像在哪里都找不到安身之处；殊不知，在任何一个设有英国驻外使节的地方，她都能感到宾至如归。

英国公使馆的一等秘书认为，参加宴会的人员可谓是鱼龙混杂。他说起法语来比任何一个法国人都要地道。他品位不凡，本性正直而高尚。一直以来，他只结识正派的人物，只阅读得体的书籍。这种倾向也影响到了他的兴趣爱好，因此他非高雅的音乐不听，非正统的画作不看。他去合乎传统的裁缝那里定制衣物，在唯一够格的男装商店购买衬衫。尽管如此，你要是听他说话，不出片刻就可能昏昏欲睡，心里巴不得指望他向你透露些更接地气的小嗜好，比如说，如果他一时兴起，大胆声称《灵魂的觉醒》[1]具有高超的艺术水准，或者《玫瑰经》[2]堪比精妙绝伦的杰作，那么你也许会感到更加心安一些。可是他的品位无可挑剔，他就是一个完人，而你大概知道他也明白这一点，因为他在休息时脸上总是流露出那种忍辱负重的神情。接着，你发现他还会写自由体诗歌，这下你终于可以松一口气了。

---

1 《灵魂的觉醒》，奥地利哲学家鲁道夫·斯坦纳（Rudolf Steiner, 1861—1925）的“人智学”代表作。

2 《玫瑰经》，正式名称为《圣母圣咏》，是天主教徒敬颂圣母玛利亚的祷文。

（2）通商口岸

晚宴办得十分隆重，其排场之豪华、菜肴之精美，在如今英格兰的餐桌上已然无迹可寻。各式银质餐具摆满了桃花心木的台面。雪白的织锦台布中央放着一只巨大的多层果盘，下面垫着黄色丝绸叠成的装饰性摆件。像这样的物品很适合你年少时讲究正统的气质，当年要是出现在集市里，你多半会说服自己勉强买下来。银质的高颈花瓶内插着大把菊花，它们簇拥在一起，使你只能依稀瞥见对面客人的身影。修长的烛台也是银质的，看上去宛如昂首挺立的卫兵，成对排列在餐桌的两侧。上来的每道菜都有与之对应的酒，雪莉酒最配汤羹，而白葡萄酒则宜佐鱼。主菜分为两种，颜色一褐一白。在上世纪90年代[1]，那些细心的女管家要想把晚宴安排得恰到好处，那就非得精心准备这两道菜不可了。

和丰富的菜肴相比，席间客人的谈话可能显得单调了些。主客双方都是多年来抬头不见低头见的熟人，彼此知根知底，简直到了难以忍受的地步。只要想到一个新的话题，他们便抓住不放大聊特聊，然而很快就会无话可说，于是又陷入折磨人的沉默中。他们能聊的东西有限，除了赛马、高尔夫和射击之外并无其他。交谈时但凡涉及抽象事物，他们都绝口不提，以免显得自己不懂规矩或缺乏教养。此外，他们也找不到什么可供讨论的政治主张。至于那些和中国有关的话题，他们都会感到厌烦无比，甚至一句也不愿多说；他们对中国的了解，仅限于公务所需的必要知识；在他们看来，任

1　即19世纪90年代。

何学中文的人都不值得信任。除非他是来华传教的牧师或是公使馆里负责中国事务的秘书，否则为何劳神去学中文呢？如果说有语言不通的问题，你只需每月花二十五块大洋雇个翻译就能解决；而且众所周知的是，那些一心学习中文的家伙，到头来性格都变得有点儿古怪。这里出席宴会的全是举足轻重的大人物：有怡和洋行的老板和夫人、汇丰银行的经理和夫人、亚洲石油公司的总裁和夫人、英美烟草公司的经理和夫人，以及太古洋行的老板和夫人。他们个个都穿着晚礼服，但却显得有些不自在，仿佛换上正装只是出于对祖国的一种责任感，而远非为了缓解日常衣物给身体造成的疲惫。由于没有其他事情可做，他们只能来参加宴会。然而落座之后，他们又迫不及待想走。一旦可以得体离开，他们顿时感到如释重负。其实，他们彼此也厌烦得要命。

7
天坛

它耸立在旷野之中，仿佛与天相接。汉白玉砌成的台面重叠在一起，一层比一层高，看上去就好像三个同心圆。大理石铺就的阶梯连通着外界，与罗盘上的角度相合，分别朝向东南西北四个方向。从这些基点出发，它睥睨天下，笼罩四野，是人们想象中天球的缩影。放眼望去，周边庭院广阔，最外围还有一圈高墙。年复一年，在那乾坤重塑的冬至之夜，历代天子都要来到这里，庄重地祭拜皇族始祖。斋戒净身之后，皇帝携众王公大臣，在御林军的护卫下走向祭坛。其间礼乐声声，舞者闻之摆出神圣的姿态。高台前亲王和臣工各安其位，恭迎陛下驾临。巨型火把终究抵挡不住夜幕的吞噬，周围愈发显得暗了，然而官员的朝服却在渐浓的荫翳里闪着夺目的光彩。这时，皇帝来到刻有“昊天上帝”字样的牌位跟前，恭敬地献上馨香、玉帛、珍馐和佳酿。接着，他弯腰俯身，在汉白玉台面上行三跪九叩大礼。[1]

曾几何时，君主奉承天命而主宰大地，他们来到天坛跪拜，祈

1　这里描述的是明清时期皇帝在天坛圜丘举行的祭天大典。

求江山永固、国祚绵长。如今，就在这同样一片地方，威拉德·B.安特迈耶认真而醒目地写下自己的大名和隶属的州县名，即内布拉斯加州的黑斯廷斯。他不知从哪里听来关于此地的传闻，遂想让自己短暂的生命，同昔日辉煌的仪式产生某种交集。他以为只要如此这般，身后也会像冬至大祀一样为人们所铭记。他意在以这样粗鄙的方式获得不朽。然而，人的愿望总是竹篮打水一场空。他刚信步走下台阶，便有一位中国管理员走上前去。此前这名员工一直倚靠在栏杆上，无所事事地望着蓝天出神。现如今，只见他朝威拉德·B.安特迈耶留下字迹的地方吐了一口唾沫，再用鞋踩上去来回擦拭，整套动作一气呵成，干净利落。片刻之后，威拉德·B.安特迈耶到此一游的痕迹就消失殆尽了。

8
上帝的仆人

两名传教士肩并肩坐在一起，有一搭没一搭地聊着天，净说些无足轻重的琐事。话不投机的人为了表示礼貌常常这样做。想必他们都心地善良、值得尊敬，然而这一共性若为他们所知，定会令其感到惊讶。凡此种种，皆因谦逊所致，这是二者的另一共性。不过就品质本身而言，英国人表现出来的谦逊，往往矫饰居多，同法国人自然流露的谦逊相比，或许更加显而易见。除此以外，两人在其他方面都格格不入，有时离谱得近乎可笑。法国传教士虽已年过八旬，身材却依然魁梧挺拔。那宽阔的臂膀表明，他曾是个体力非凡的青年。如今他的双眼里，还存有这种力量的痕迹。它们大得出奇，闪烁着摄人心魄的异样神采。“闪烁”一词常用来形容眼睛，可是在我看来，没有谁的眼睛能像他的那样名副其实，其中仿佛真有一团熊熊燃烧的火焰，而且还在向外迸发着光亮。那种神采透露出来的狂野气息，几乎可以说是不合情理。正因如此，它们与以色列先知的眼睛别无二致。他坚实的下巴棱角分明，高耸的鼻梁则显得有些好斗。无论如何，他都不是一个可以随便侮弄之人。我们甚至能推断，他在壮年时必定是个狠角色。他眼中的激情不减当年，也许是在诉说内心深处长久以来的艰苦搏斗；他的灵魂于其中浴血奋战，愈挫愈勇，最终吼出胜利的战歌；他甘愿将裸露的伤口作为祭品，欣喜地奉献给全能的上帝。此刻，他这一把老骨头禁不起风寒，所以全身裹着类似军大衣的厚毛斗篷，头戴一顶中式貂皮冬帽。他是个了不起的人物，来中国已有半个世纪之久，曾三次死里逃生。

“我相信异教徒不会再攻击教会了，”他笑着说道，“现在我一大把年纪，没法像年轻时那样说走就走，跑到偏远的地方去传教。”他耸了耸肩，“我要做个殉道者。”

说罢他点燃一根长长的黑色雪茄，心满意足地开始吞云吐雾起来。

另一名传教士最多只在中国待了二十年，年龄也要小得多，应该不会超过五十岁。他隶属于英国教会布道团，却总是想方设法把自己打扮得不那么像个牧师。此刻他正穿着一件灰色粗花呢外套，里面配一条斑点领带。他身材中等偏高，可是由于肥胖，反倒显得比较矮；那张圆脸上总是一副和和气气的表情，面颊红润，唇边还留着板刷型的灰胡子。他发量十分稀疏，于是便把一边的头发留得很长，再梳往另一边来遮住头顶，好让自己总能有种头还没秃的错觉，在外人面前也不至于失了颜面。这样看来，此举固然无可厚非，细想之下竟还有些令人心酸的意味。他乐观豁达，喜欢同朋友聊天打趣，也不在乎被他们捉弄，因而常常开怀大笑，那声音可谓震耳欲聋、真诚洒脱，毫无半点扭捏之态。他放浪不羁，兴之所至犹如学龄少年。若碰见有人误踩橘子皮而滑倒，你大可以想象得出，他定会站在一旁笑得前仰后合。然而转念之间，他突然意识到那人可能会受伤，便赶忙止住笑容，脸上现出羞赧的神色。此时的他，仿佛变了一个人，满怀着关切与同情之心。任谁和他待在一起，不消十分钟就能发觉他的善良本性。你甚至以为，无论要他去做些什么，他都会欣然照办，毫无怨言。或许这种开朗热情的性格，很难让你马上敞开心扉，向他寻求精神上的协助，但至少在实际交往中，你可以相信他会为你尽心竭力，不仅感同身受，还能指点迷津。他总是向穷人敞开钱包，对求助者往往来者不拒，即使时间耗尽也乐此不疲。然而，要是说他没有尽到牧师的本分，在精神方面教诲众人的效果不佳，这也许有失公允。他虽无法像法国老人那样，在布道时心中充满苦行僧般强烈的热情，周身上下尽显教会不容置疑的威严，却能凭借一番真情实感，将心比心地分担你的苦痛。就这样，他以自己的方式帮助别人，也许丝毫不比另一位牧师做得差。他把自身的各种烦恼和盘托出，好给你带来稍许慰藉。这时的他，与其说是上帝的助手，不如说是同你一样血肉分明、容易迟疑惊诧的普通人。他想要告诉你，只要心怀希望和安慰，我们的灵魂就会焕然一新。

他的人生经历有些与众不同：曾经当过兵，旧日里不仅经常参加传统的狩猎运动，还在整个伦敦社交季中留下翩翩舞姿。对于这些过去的风流韵事，他同人聊天时并不讳言，甚至显得颇为得意。他不觉得以前的所作所为有何害处，也不将其看成是什么大不了的恶行。

“我年轻时舞跳得可棒了，”他说，“不过啊，舞蹈推陈出新得实在太快，如今我恐怕是一窍不通喽。”

只要他愿意，就能一直这样惬意地享受人生。尽管事后他并不对其有所留恋，然而这种态度也算不上是深恶痛绝。当他在印度时，突然感受到了上帝的召唤。个中原因和方式，他自己也未曾完全弄明白，只是心中一阵激荡，继而生出某种新的信念：他必须放弃目前的生活，以便向异教徒传递基督的福音。不过，此番精神冲击堪比洪水猛兽，既不容他负隅顽抗，又搅得他寝食难安。现在，他终于能做喜欢的工作，总算是心满意足了。

“这儿的传教活动，往往见效甚缓，”他说道，“可照我看呐，种种迹象都表明，这项事业正在有所起色，况且我也很喜欢中国人。说到底，我是绝不会离开中国，跑到别的地方去生活的。”

两名传教士互相道别。

“你什么时候回家？”英国人问。

“我吗？哦，就这一两天吧。”

“那我可能就见不着你了。我准备3月份回家。”

然而，其中一人所说的回家，是指回到中国某个小镇上去，他在那个狭窄的街道旁住了整整五十年。他年轻时离开法国，此后就再也没有回去过。另一人所说的回家，则是指回到英国柴郡某幢伊丽莎白时代的大宅，那宅子周围有成片的草坪和茂密的橡树。三百年来，他的祖先一直就在那里繁衍生息。

9

客栈

彼时暮色四合，而今似乎入夜已深。一名苦力手提灯笼走在前面，你坐着轿子紧随其后，匆匆赶路约有半个时辰光景。就着灯笼投下的那圈微光，你依稀能分辨出窗外一闪而过的景物，只见竹林丛生，稻田盈盈，几株榕树裹挟着厚重的暗影。它们纷至沓来，仿佛经历了滚滚红尘的淘洗，满是别样的朦胧之美。不时会有晚归的农夫侧身而过，他们挑着担子，沉甸甸的篮筐垂在两端。白天的长途跋涉之后，轿夫逐渐放缓了脚步，然而却始终兴致不减，一路上显得十分快活。他们有说有笑，不知是谁还放声唱起一段不成调的歌谣。就在此时，路面陡然上升，灯笼的光亮随即映照在一堵粉刷过的白墙上：你来到几幢破败的屋子跟前，它们凌乱地散落在路边，构成城墙的最外围。只需再往前走两三分钟，你就会遇到一段陡峭的台阶。轿夫一跃而上，小跑着将你抬进城门，很快便消失在熙熙攘攘的人群中。城内纵横交错着许多狭窄的街道，两旁灯火通明的店家依然忙碌不停。轿夫边走边发出沙哑的吆喝声，众人闻之纷纷靠向街边避让。这些百姓紧挨在一起，脸上现出好奇的神色。你从中穿行而过，就像拨开两道鳞次栉比的树篱。他们伫立着，许多双乌黑的眼睛神秘莫测地望向你这边，那种表情看起来又显得分外冷漠。对于轿夫来说，一天的辛劳即将结束，因此脚步迈得异常轻快。他们突然停下来，向右拐进一个庭院。你已到达客栈，轿子随即放了下来。

这家客栈的院子呈长条形，前半部分搭上了雨棚，两侧设有厢房，门都朝向院子的中央。店里点着三四盏油灯，它们昏黄的光线虽把近处都照亮，却将周遭的黑暗衬托得愈加浓烈难防。庭院的前部摆满了桌椅，人们挤在那头吃饭喝茶，有些还在玩着某种你看不懂的游戏。巨型灶台上有口大锅，水不停地向外冒着热气，旁边则是只容量惊人的平底盆，里面正煮着米饭。几名客栈的伙计站在一旁照料，他们手脚麻利地把饭盛在海碗里端出去，同时也不忘沏满源源不断递进来的空茶壶。再靠里些，两个身强力壮、体态柔韧的苦力一丝不挂，兀自在那儿用滚烫的热水洗澡。你走到庭院的后部，便可看见下榻的主客房。它就在入口对面，用一道帘子隔开闲杂人等窥视的目光。

这个客房面积不小，却缺少窗户，地面就是压实的泥土。房间很高，没有天花板，在室内仰视可直接看到客栈的屋顶，上面架着横梁，周围是一圈粉刷过的白墙。你身处其中，不禁想到苏塞克斯[1]的农舍也是类似的模样。家具包括一张方桌，两把木质的直背扶手椅，还有三四块简陋的木板，上面垫着草席权且充作床铺。你挑了一块还算干净的床板，准备稍后就在这里躺下睡觉。房间里黑影幢幢，仅有一小根灯芯在油盏里发出豆大的光亮。他们拿来了你的灯笼，你便安然在此等待店家把晚饭做好。现在轿夫已卸下肩上的重

1　苏塞克斯（Sussex），英格兰一郡名。

担，因此个个都很快活舒畅。他们洗了脚，换上干净的草鞋，拿出随身携带的旱烟管，开始吞云吐雾起来。

出门在外，你习惯凡事从简，所以行李通常只装得下三册书。此时，若其中有本大部头的著作，那该是多么宝贵的财富！你小心翼翼地翻开书页，逐字逐句细细品味，仿佛只有这样做，才能尽量让读到最后一页的那个可怕时刻晚些到来。然而不论你如何拖延，书终归是要读完的！如此说来，你定会对那些长篇大论的著者感激涕零。你翻动厚厚的书页，盘算着可以读多久，心里总希望它们再多出几倍的篇幅。那些一目十行的人，往往喜欢读物写得清晰明了，但这并不适合当前你所处的状况。也许，你更愿意碰见若干复杂的措辞，它们晦涩难懂，使你不得不回过头来反复揣摩，好弄清楚句子的真意。此外，你还可能发现各种丰富的典故及隐喻，它们散落字里行间，不仅给你带来蓦然回首的欣喜，也任由你去天马行空地想象。对旅人来说，拥有上述特点的作品可谓千金难求。以此为基础，若其论述亦能深入浅出，把思想阐释得明明白白（你黎明便开始赶路，整日跋涉了四十英里，半数以上还得靠步行，因此早就疲惫不堪），那么你算是找到了一本应景又不可多得的好书了。

店里原本就人来人往，难免嘈杂，此刻却突然喧闹起来。你探头向外张望，看见又多了好些旅客。一伙中国人坐着轿子赶到，也打算在这儿歇脚。他们要了你两旁的房间，兀自聊个不停，响亮的话语声透过薄墙传入你耳中，就这样持续到深夜。你惬意地躺在床上，舒展着疲劳的筋骨，顿时感觉周身上下愉悦非常。你盯着横窗间精致的刻花怔怔出神，目光显得既闲散又倦怠。糊在木格上的纸张虽然有些残破，却就着屋外倾泻进来的昏黄灯火，勾勒出窗扇背面那些式样复杂的黑色轮廓。终于，万籁俱寂，唯独隔壁某男子仍在痛苦地咳嗽。他一声接着一声咳个不停，显然感染了痨病。整夜你时而听见他的动静，不禁寻思这可怜的家伙能活多久，同时又庆幸自己体格还算强健。这时，外面传来公鸡嘹亮的啼鸣，仿佛它就站在你枕边；不远处号手拿着喇叭，憋足气力，猛地吹出一阵悠长的响声，闻之犹如人们哀恸的哭喊；客栈里住户陆续醒来，油灯点上了，苦力们纷纷整理行囊，准备再次上路。

10
海滨杂物社

船用物品商店的角落里，有个小小的隔间，它就在天花板的下面，靠着门口的几节横栏与地面相连。人员但凡出入其中，都有种仿佛还在船上爬舷梯的感觉，时间久了，遂美其名曰“海滨杂物社”。整片区域，由多块四英尺[1]高的活动木板拼接而成，内部空间隔离于商店之外。客人上来，只需找条板凳围坐在桌旁，便可将商店的所有库存尽收眼底。只见脚下摆得满满当当，大批货物充斥其间：除了成捆的绳索、油毡布、结实的高筒橡胶靴、防风灯、火腿、罐头食品、各种酒类、适合带回家送给老婆孩子的小玩意儿、衣帽服饰等以外，还有不少我叫不上名字的东西。总之，外国商船抵达东方港口后的物资补给，这儿都应有尽有。你大可以观察那些中国人，他们不是员工就是主顾，彼此脸上都挂着一副心照不宣的神情，好像在进行什么见不得光的买卖。你跑去海滨杂物社喝酒，于是众人都得从你眼皮子底下进出；倘若你遇见要好的朋友，就干脆喊他上来共饮一杯。沿着宽敞的门廊向外望去，只见烈日当空，

1　1 英尺等于 30.48 厘米。

曝晒着马路旁的石子小道，不时会有苦力背着沉重的货物匆匆而过。中午时分，酒馆的熟客陆续赶来杂物社会面，其中包括两三名领航员、汤普森船长和布朗船长——这两个老家伙，在中国海域航行了三十载，而今均已退休上岸，开始安享晚年——那位从上海来的不定期货轮的船长，以及一两家茶行的大班[1]。侍应生默默站在旁边等候吩咐，不多时便把酒水与骰子盒端了过来。起初大家谈天说地，显得漫不经心。他们聊起几天前，有艘船在开往福州途中沉没了；那个叫麦克莱恩的家伙，是“安昌号”轮船的机师，最近打牌就属他赢得盆满钵满；领事夫人正搭乘“皇后号”从国内返航。凡此种种消息，大伙且众说纷纭，聚在桌边不觉已玩罢首轮骰子，等输家把账记下，杯中之物也喝得差不多，于是又开始新一圈掷骰赌数。侍应生再次送上酒水，这帮感觉迟钝、脾性执拗的伙计，至此才开始逐渐活跃起来，不再对往事三缄其口。其中某位领航员，早年就来港口工作了，距今已有半个多世纪之久。啊，那可的确是段美好的时光。

“真该让你们见识见识，当年海滨杂物社热闹的盛况。”他笑着说。

彼时茶叶贸易盛行，海上运茶船千帆竞渡，往往总有三四十艘，停泊在港口准备装货。大家赚足钱之后，纷纷跑到杂物社买醉，将其打造成了港口生活的中心。你要是想找人，哪里也不用去，上酒馆就对了。他要么在彼处，要么呢正往那儿赶。该地空间虽小，内部却大有乾坤：各家商行的代理过来同船长洽谈生意；医

1　旧时对洋行经理的称呼。

生也不坐诊了，而是选择午间去海滨杂物社转转，碰见有病的就当场治疗。那个时期的人堪称喝酒的行家，他们通常日上三竿才姗姗来迟，从午后一直喝到黄昏，饿了就让伙计拿来几块点心，再豪饮整晚方可罢休。当年来海滨杂物社的客人都是赌徒，会在牌戏中赌上做买卖所得的全部利润，因此输光家底或一夜暴富的事在这儿倒是时有发生，并不稀奇。那真是段美好的旧时光。如今贸易大不如前，港口荒废已久，运茶船也早就不朝这里聚集。而眼下所谓的年轻人，他们拿着亚洲石油公司或怡和洋行的薪水，对我们海滨杂物社嗤之以鼻。小隔间里昏暗肮脏，领航员老哥兀自娓娓道来，不慌不忙。众人听罢，不禁心驰神往。恍惚间，那些饱经风霜、鲁莽无畏的老船长，似乎又挤在这污渍斑斑的桌旁，正诉说起属于他们的一去不复返的时光。

11
忧惧

赶路的时候，我曾在他家过夜。那儿有个人口稠密的城市，为了便于传播福音，他把布道所修建在了城门外的小山冈上。甫一见面，我就注意到他品位不凡。按照惯例，传教士的住处往往显得市井气十足，其陈设布局甚至可以说是俗不可耐。客厅里散发出无人居住的氛围，四周都糊上了大红大绿的壁纸，墙上则挂着箴言录，还有催人感伤的复制版画——它们描摹的不是《灵魂的觉醒》，就是卢克·菲尔德[1]的《医生》——如果这名传教士在中国待了很长时间，或许你还能看到几幅用红色硬纸装裱好的贺年卷轴。地板中央是一块布鲁塞尔绒毯，上面的家具类型因人而异：美国来的牧师会选择较为舒适的摇椅；而英国来的，则偏爱在壁炉旁摆两只硬木扶手椅。此外，沙发的位置也不合时宜，好像存心要将访客拒之门外，不过单凭那种难看的式样，想必足以使人望而却步。室内明暗交织，窗帘由蕾丝织成，朦胧中透出些许光亮。几张桌子零星分布在四周，上面立着相框等种种物品，以及若干现代瓷器。相较而

1　卢克·菲尔德（Luke Filde, 1843—1927），英国画家。

言，餐厅看上去倒更常用，但里面却塞进来一张大餐桌，因此空余地方便所剩无几了。你坐在那儿吃饭，稍不留神很容易被挤到壁炉中去。然而，说起温格罗夫先生的书房，那完全就是另外一番模样：书籍从脚下堆到了天花板，桌面的文件简直凌乱不堪，窗帘用的是墨绿色布料，壁炉前飘扬着藏族的经幡。不仅如此，壁炉架上还陈列着一排藏传佛教造像。

“我不知道怎么回事，不过你这个地方给人的感觉，可真像是来到了某个学院的办公室啊。”我说。

“你是这么想的？”他答道，“我曾经在奥利尔学院[1]，做过一段时间的学生导师。”

我猜他应该快有五十岁了，身材高大，体形虽还没有发福，但也算保养得不错；脸色红润，灰色的头发剪得很短。如果外貌能显示性格，那么人们肯定以为他是个积极乐观的家伙，不仅爱开玩笑、善于交际，而且容易相处、温厚随和。然而一旦与其目光相接，你便会感到惴惴不安：那双眼睛既凝重又毫无笑意，它们折射出来的神情，我想只能用“不胜其扰”才能解释得通。正因如此，我不禁怀疑，自己此番造访是否选错了时机，也许他需要专心致志，才能处理好手头上的麻烦问题。可是没来由地，我总觉得这远非一时流露的神色，而分明是长年受煎熬的结果，至于个中缘由，我还不得而知。他脸上显出焦虑的样子，不明就里的人看了，定会以为是心脏病的某种症状。他变着话题同我闲聊，随后说：

“我听见我妻子回来了，咱们去客厅怎么样？”

1　牛津大学的一个学院，又名国王学院。

我跟在他身后走进客厅，经过介绍认识了他的妻子。这位夫人体格瘦小，戴着金丝边眼镜，行为举止颇为腼腆。与她的丈夫相比，她显然来自不同的阶层。传教士大都具有坚定的信念与高尚的情操，常常靠践行上帝的律法来宣扬各种美德。与此同时，他们又多半缺乏那种我们姑且称之为“良好教养”的品质。在他们中间，或许圣徒辈出，但很少有人配得上绅士之名。此时我突然意识到，温格罗夫先生是位绅士，因为他的妻子说起话来语调粗俗，明摆着不是什么淑女。客厅布置得十分讲究，反映出主人的闲情雅趣，这是我在其他传教士的住所里不曾见过的。室内铺着中国地毯，墙都粉刷成黄色，不仅悬挂着几幅中国古画，还陈列着两三块明代瓷板，给单调的背景平添一抹亮色。客厅中央有张精雕细刻的紫檀木桌，上面放着一尊白瓷塑像。出于礼貌，我不痛不痒地说了几句恭维话。

“我自己就不怎么喜欢这些个中国玩意儿，”女主人接过话头，风风火火地说，“但温格罗夫先生对它们可是迷得不得了。我要是能做主，就把它们全都扔个干净。”

我哑然失笑，倒不是因为被这番话逗乐了，紧接着，又注意到温格罗夫先生的眼神有些异样。只见那目光中闪过一丝冷冰冰的恨意，虽然转瞬即逝，却直教我大惊失色。

“亲爱的，要是你不喜欢它们，我们就不要好了，”他温柔地说，“可以把它们全收起来。”

“哎呀，只要你看了开心，我无所谓的。”

我们开始谈论这次的旅行。其间，我碰巧问起温格罗夫先生，他有多久没回英格兰了。

“十七年。”他说。

我很诧异。

“不过我想，你不是每隔七年就有一年的假期吗？”

“没错，可我就是不愿回去。”

“温格罗夫先生觉得，像你说的那样离开一年，对开展传教工作有害无益，”他的妻子解释道，“当然喽，我也不想丢下他独自回国。”

我很好奇，他是如何想到要来中国的。那些虔诚的信徒，想必都曾在生命里的某个时刻接受了神的召唤，这才毅然决然远赴异国传教，其中的细节实在是令我着迷。你不用费心，就能找到不少有过这种经历的人，他们很乐意把感召的具体内容说给你听，只不过，你须留意故事背后的深层意蕴，否则单凭他们的一面之词，你很难就此话题形成什么自己的看法。然而，温格罗夫先生却不是这样，我认为无论你用什么方法，直接还是间接，都无法让他吐露心迹，同你分享那种隐秘的精神体验。看得出来，他对待自己的工作一丝不苟，十分认真。

“这里还有别的外国人吗？”我问他。

“没有。”

“如此生活，肯定很寂寞吧。”我表示。

“要我说，这正合我意。”他看着墙上的画回答道，“他们来中国无非是为了赚钱，而且你也明白”——说到这里他笑了笑——“生意人和传教士之间向来接触得不多，也谈不上有什么交集，更不用说商贸之徒大都见识浅薄，所以没有他们聚在周围，倒不见得是件令人遗憾的事。”

“况且你知道，我们当然并非真有那么孤单。”温格罗夫太太接着说，“这儿除了我们之外，还有两名福音教派牧师、两名教书的年轻女士，以及正在上学的孩子。”

茶点端上来了，我们继续漫无目的地闲聊。从交谈时的种种迹象看，温格罗夫先生似乎有点勉为其难，我也愈发强烈地感受到，他在努力控制自己烦躁不安的情绪。客人面前，他无疑想尽量显得热情些，因此不仅举止得体，态度也分外和蔼可亲，但我还是觉察出一丝不情不愿的意味。我故意把话题引向牛津，接着谈到几位他可能认识的朋友，可他却兴致索然，没有想要多说几句的意思。

“我离家已经很长时间了，”他说，“同认识的人也都断了联系。我们到这儿来传教，就要费尽心力做许多繁重工作，完全无暇顾及其他事情。”

他言之凿凿，而我却认为有些夸张，遂评论道：

“嗯，你看你有那么多书，我想的确得花费不少时间才能读得完啊。”

“我很少读书。”他陡然提高音调回答，从那生硬的语气中我已经听出来他失态了。

我很纳闷，此人委实有些古怪。最后，他开始评论起中国人来，我想这大概在所难免。温格罗夫太太谈及中国老百姓的情况，其基本观点，无非是认为他们喜欢撒谎，不值得信任，生性残忍，而且肮脏邋遢，不过在东方仍能瞥见微弱的曙光；尽管到目前为止，传教事业还没出现非常显著的效果，然而未来毕竟可期。这里的人们已经不再相信那些旧日神明，以文治国的权力机制也早就崩溃瓦解了。总之，她的态度满是怀疑与反感，当然亦不乏几许乐观向上的成分。虽说温格罗夫太太的苛评颇多，但她丈夫总会从别处对这类言论加以缓和。相比之下，温格罗夫先生更看重中国人的优良品质，如孝顺父母、爱护子女等与生俱来的美德。

“谁要想讲中国人的坏话，温格罗夫先生可是一个字也听不进去，”他妻子说，“理由很简单，他爱他们。”

“我觉得，他们有很多令人钦佩的品质，”他说，“你穿行在那些拥挤的街巷中，肯定会对这类特点印象深刻。”

“我相信，温格罗夫先生从没留意过路上的气味呢。”他妻子笑着说。

这时有人敲门，随后走进来一名年轻的女子。她看上去应该是本地教徒，穿着长裙，没有裹脚，满脸畏缩而愠怒的神色。她对温格罗夫太太说了些什么，我则碰巧瞧见了温格罗夫先生面部变化的表情。当他注意到这名女子时，脸色突然变得十分难看，全身上下显出极为厌恶的样子，仿佛闻到了某种令人恶心欲吐的臭气，以致眼耳口鼻都不得不扭曲变形；紧接着，他那异样的神态，顷刻又消失得无影无踪。他随即抽动嘴唇向外咧开，想努力挤出愉快的笑容，然而此举毕竟过于刻意，结果只是露出一副受尽折磨的苦相。我看着他，心中兀自惊奇不已。温格罗夫太太说句“抱歉”，随即便起身离开了客厅。

“她是我们这儿的老师，”温格罗夫先生解释说，用的还是先前那种令我有些摸不着头脑的生硬语调，“她十分难得。我对她非常信任。她的人品很好。”

虽然很难说清楚原因，但就在那电光石火的一瞬间，我弄明白了事情的真相。我发现，就他本人而言，不论怎么决意要自己喜欢什么，他都会打心底里对其表示反感，也就是说，他的意志与灵魂毫不相容。我激动万分，那种体验犹如勘探未知世界，跨越艰难险阻才遇上某处意料之外的新天地。他苦恼的眼神，不自然的腔调，表达赞美时的谨慎与克制，以及周身散发的四面楚歌般的气息，它们统统在自我辩解：不管他说过什么，其实他恨死中国人了，比起这种深及骨髓的敌意，他妻子的那点不满情绪根本就微不足道。他行走在城内人潮汹涌的街道上，顿时感觉痛不欲生；他对传教士的生活讨厌透顶；他的灵魂，就像那些苦力红肿发炎的肩膀，被扁担压得伤口溃烂、鲜血直流。他不愿意回家，是因为受不了再次见到曾经无比珍视的一切；他不愿意读书，是因为文字会让他想起自己早年热切爱慕的生活；或许他也是出于类似目的，才会选择与粗俗女子结婚，这样就能更加决绝地，同他全部天性所渴望的那个世界告别。他犹如一名殉道者，带着满腔愤怒的激情，奉献了自己饱受煎熬的灵魂。

我尽量想弄明白，他怎么会感受到上帝的召唤。我认为，他在牛津居住了很多年，对那里安逸的生活乐此不疲；他也喜爱学院安排的工作，平日里不仅有好友及书籍相伴，空闲时还能去法国和意大利度假。他心满意足，只想就这样度过余生，除此之外便别无所求。我不得而知，他心中逐渐出现了何种莫名的情愫，但受其影响，他不由觉得自己这辈子实在是窝囊懒惰至极。我想他一直都十分虔诚，或许某个信念，很久以前就根植于他幼小的灵魂中，如今虽然早已消失在脑海，却依旧能从内心深处让他耿耿于怀：即使是上帝，也难免会嫉妒眼红，容不得自己的子民在尘世间安居乐业。我想他对那时生活非常满意，以致不由得生出怀疑的念头，认为这样过日子实属罪孽深重。自此以后，他一发不可收拾，陷入重重焦虑而无法自拔。无论什么事情，只要是他开动脑筋想到的结果，都会使其紧绷的本能惊得发颤，生怕遭受永恒的报应。我不知道，他究竟因何有了来中国的想法，但起初他肯定表现得极不情愿，甚至粗暴地决定，要将其置于脑后不予理睬。可是这个计划却时刻萦绕在左右，无论如何都挥之不去，或许他难以忘怀的，正是自己那种异常激烈的抵触情绪。在我看来，他嘴上说不去中国，可心中又寻思着还是得去，因为上帝始终在其身后，不管他藏到哪里都无济于事。他可以据理力争，却解不开精神的枷锁，最后不得已只好向命运屈服。

我知道以后不会再和他见面，也没有时间，进行普通的交际应酬，因此无法等到彼此足够熟悉了，才冒昧谈及更加私密的话题。我抓住机会，趁着眼下还没有旁人，赶忙问道：

“告诉我，如果中国人始终拒不接受基督教，你是否相信他们注定会受到上帝的惩罚而万劫不复吗？”

我贸然质疑他，肯定显得既粗鲁无礼又不知轻重，因为他抿紧了嘴唇，俨然一副倚老卖老的模样。尽管如此，他还是回答了我。

“任何熟读福音书全部教义的人，势必都会得出你所说的结果。至于那些执意反驳这种推断的人，任凭他们怎么引经据典，也很难找到哪句话语，能同耶稣基督清晰有力的证言相提并论。”

12
妙笔丹青

我不知道他是一名前往省城办事的官员，还是某位赶去书院就读的士子，也不清楚他由于何事而耽搁，倒落得要在此地逗留暂歇。全中国那么多破败不堪的客栈，他偏偏走进了条件最糟糕的那家。或许是因为轿夫的人数总凑不齐，他们常躲到别处去抽大烟（附近鸦片价格较便宜，所以你得做好准备，手下的苦力只要烟瘾上来，就会造成某些麻烦）；或许是受到暴风骤雨的突然袭击，他不得不驻足停步，勉强来客栈当了一个小时的“囚徒”。

屋子十分低矮，伸手便能触及房梁。泥土夯实的墙壁上刷过石灰，如今却污渍斑斑，随处可见磨损剥落的迹象。四周摆满了木头床板，上面铺着草席，那是常来店里落脚的苦力休息的地方。置身其中，想必只有暖阳充斥其间，才能让你忍受这满目的凄楚与肮脏。金色的光束透过格子窗照射进来，投影在压紧的土地表面，呈现出某种缤纷而繁复的图样。

他受困于此，难免感觉有些无聊，于是找出石质砚台来打发时间。他往里面加入少量水，又取墨块研磨片刻，这才拿起那支用于书写优美汉字的细毫毛笔（他无疑对自己高超的书法水平颇为得意，常以飘逸的字体，在卷轴上写满孔圣人的格言，并将其作为佳礼馈赠给亲朋好友)，蘸上浓墨，挥手在墙上拖出一枝梅花，再简单勾勒几笔，便有一只小鸟立于枝头。他完全是随兴所至，整幅画虽说并无章法可言，却有种别样的明快流畅之感，令人赞叹。我不知需如何因缘际会，方能使画家运笔时有如神助：你看那鸟儿分明蓬毛颤羽，生气勃勃；点点梅花也随着树梢不时摆动，暗暗飘香。和煦的春风，仿佛从画中拂面而来，吹进这陋室的每个角落；而在白驹过隙的一瞬间，你顿时就领悟了永恒的真意。

13
女王陛下的代表

他身材中等偏下，褐色的头发呈板寸型，显得又短又硬。他留着牙刷似的小胡子，脸上还戴了副眼镜。经过玻璃的折射，那双蓝色的眸子看上去有些变形，然而注视你的目光却依旧犀利，甚至是咄咄逼人。他心高气傲，洋洋自得，活像一只好斗的公麻雀，言行举止都令人难忘。他嘴上说着请坐，问你有何贵干，同时手头又忙个不停，只顾整理散落于书桌上的文件，仿佛正在安排什么重要事务，而你显然来得不合时宜。这样你不由觉得，他如此态度，就是想找机会给你下马威，提醒你要有自知之明。他那种公事公办的架势，已修炼得炉火纯青：你属于平头百姓，难免会给他添乱，而唯有奉命行事，既不抱怨也不拖延，才算没白活一场。不过对于官员来说，即使手里捧着铁饭碗，也自有其缺憾之处。他正没来由地感到心浮气躁，在这种时候，要想处理好任何工作，就非得朝你诉诉苦不可。原来那些和他打过交道的人，尤其是传教士，都觉得他颐指气使，妄自尊大。而他则信誓旦旦地表示，自己总以为传教士的品行再好不过；当然其中也不乏愚昧荒唐之徒，动辄摆出一副令他生厌的清高态度；辖区内，那些在华传教士多数都来自加拿大，而他私底下对加拿大人可没什么好感；可要是说他盛气凌人，谁也瞧不起（讲到这里，他扶了扶架在脸上的夹鼻眼镜），那就完全错怪他了。实际情况恰好相反，他经常不辞辛劳去帮助他们，只不过他总坚持按照自己的那套方法行动，从未考虑是否需要采取别人惯用的措施。虽说他想当然地以为，这样做无可厚非，但结果往往不尽如人意，反而得不到传教士们的赞赏。你跟他交谈，肯定会忍俊不禁，因为他说的每句话，都能让你感同身受，想到那些受制于他的倒霉鬼；他们若听到这番论断，心中该憋着股多大的怒火。他的言行举止实在糟糕透了。他天性容易得罪民众，日常却不加以约束，而是任其发展，如今这种本事已臻化境，简直无人能出其右。简言之，他就是个虚荣暴躁，单调乏味，又盲目自夸的小人物。

辛亥革命期间，敌对派系在城中展开了激烈交火，严重威胁到老百姓的生命。有鉴于此，他决定借公务访问之机，去找南方军政府的某位都督交涉，以期能保障领区内所有侨民的安全。他刚准备往衙门里走，就遇见三名囚犯鱼贯而出，看样子正被人押着前往刑场。他上前拦住行刑队的长官，在得知这三人是战俘后，立马表达了强烈抗议，并声称这是一种野蛮粗暴的行径。该长官——用我们这位领事的话说，“十分不客气地”——告诉他军令如山，因此必须服从。领事立马就火了，他绝不允许可恶的中国军官如此出言不逊，于是双方开始争吵起来。这时候，有人回去禀报了衙门外的情况，都督随即派听差传话，请领事进去见面详谈，然而这位领事大人却不为所动，提出非要先把囚犯，也就是那三名脸色吓得铁青的可怜苦力，救下来不可。那长官挥挥手示意他走开，同时命令手下举枪瞄准。说时迟那时快，只见领事——讲到这关键时刻，我发现他又扶了扶眼镜，显出怒发冲冠的模样——跨过去挡在三名苦命人跟前，面对那排黑洞洞的枪口，一边对士兵破口大骂一边要他们开枪。场面顿时乱作一团，大家都迟疑不决，不知道该怎么办才好。看得出来，革命军不愿意枪杀英国领事。我想他们进行了紧急磋商，随后便把三名囚犯移交给他。就这样，我们这位小人物取得了最后的胜利，转身大摇大摆地往领事官邸走去。

“该死，先生，”他怒气冲冲地骂道，“我差点以为，那帮混蛋厚颜无耻，真敢不由分说就朝我开枪。”

英国人可是古怪得紧。如果他们待人接物的风格，能和拔刀相助的勇气一样可嘉，那么倒也算对得住那些自我吹捧出来的虚名。

14
鸦片馆

舞台前那种鸦片馆的布景，往往会给观众留下非常深刻的印象。房间并不高，周围光线暗淡，显得十分肮脏。角落里兀自亮着灯，忽隐忽现的火苗散发出神秘的气息，把后方墙上的画像映照得有些骇人。不多时，整个剧场就香烟缭绕起来，仿佛笼罩在一片独特的异国情调之中。有位长辫子的中国人，满脸冷漠又阴郁的表情，正信步从烟馆的这端走到那头；而室内破旧的床板上，则躺着若干昏昏沉沉的瘾君子，他们精神恍惚，动不动就疯疯癫癫地说胡话，分明遭受鸦片的荼毒已久。我们坐在台下，还可欣赏到极具戏剧性的一幕：某个家伙穷困潦倒，身无分文却满脑子想着吞云吐雾，于是找来凶神恶煞的老板诅咒立誓，再三乞求他发发善心施舍一管烟膏，好缓解毒瘾发作时涕泗横流的痛苦。

我在小说中也读到过类似的描述，反复思量真有种不寒而栗的感觉。久而久之，我把鸦片馆想象成了某处禁地，那里藏污纳垢，简直是万恶之源。就这样，我带着先入为主的观念，尾随一名口齿伶俐的欧亚混血，经其指引踏上狭窄的盘旋楼梯，终于来到某个烟馆的门前，满怀期待地准备好迎接激动人心的场面。这时有人走了出来，把我领进宽敞的内室。此处不仅光线明亮，而且颇为整洁。

整块区域分成好几个隔间，里面的地板清一色都垫高，再铺上干净的席子，即可像睡椅那样方便顾客躺下休息。其中某间小房内有位老先生，只见他花白头发，十指纤细秀气，正在安静地看报纸，长长的烟管就随手放在身旁。另一间房里则躺着两名苦力，他们的钱只够买一根烟管，便轮流备好烟膏，点上火来让对方享用。他们看上去都很年轻，充满活力，见我站在门口，就友好地微笑致意，其中一人还递来烟管，想让我也试试。第三间房内摆放着一盘象棋，四名男性蹲坐地上，正聚精会神地研究如何落子，才能将阻碍扫清，好收拾残局。再往前走几步，我注意到有个男人于膝间逗弄不知谁家的婴儿（东方人神秘莫测，总是对幼童情有独钟），而孩子的母亲看在眼里，嘴角上扬仿佛笑开了花。这位夫人慈眉善目，体态丰满，我猜应该就是烟馆老板的太太。我在此地逗留，如同回到了家里，其温馨舒适的环境着实使人心情愉快，流连忘返。可以说，它让我想起了早年在柏林漫游的日子，那儿的啤酒屋虽然规模不大，却很宁静怡人。每当夜幕降临，疲惫的工友都爱跑去喝上几杯，只为享受一番不被打扰的安逸时光。由此可见，与事实相比，虚构总是显得更为离奇。

15
莫失良机

很明显，她来中国就是想找位夫君。为了有所归宿竟沦落于此，真叫人感到悲哀。更要命的是，在本地的通商口岸，几乎所有人都对她打的这点小算盘心知肚明。她这个女人块头不小，四肢亦颇为粗壮，因此体态稍显笨拙；实际上，她除了鼻子丰满挺拔之外，其他五官统统要比别人大一号。别看她才三十岁左右年纪，或许早已知晓自己相貌丑陋，尽管那金发碧眼的样子，总能给她增添几许风情。她平日里习惯穿适宜的皮靴和短裙，再搭配一顶宽边软帽。像这样简单收拾过后，乍看上去，倒是有些英姿飒爽的味道。及至夜幕降临，她就换上定制的蓝色丝质礼服，好凸显自己眼睛里的那抹神采。可往往好心却办成错事，这套连衣裙定是不知哪位乡下土裁缝的杰作，他信手照着画报上的模特随意拼接布料，结果就给她打造了这么件古怪玩意。她本打算依靠衣装，来施展女性魅力，殊不知反成了众矢之的，所有与她见过面的人，都感到特别窘迫，因此不得不敬而远之，退避三舍。于是在这种场合，但凡有男性过来同她说话，只要他尚未婚配，她都愿意去极力迎合对方。她兴致勃勃地听其中一人谈论狩猎运动，对另一人所谓的茶叶运输也不减半分欣喜。众人商量着，如何在下周举办的赛马会上拔得头筹，她混迹其中，却像小女孩似的鼓起掌来。与年轻美国人一道，她就说十分迷恋跳舞，还要求对方答应，下次带她去看棒球赛；然而跳舞可不是她唯一的爱好（再好的事情，做多了也会厌烦），所以在某家重要商行的大班面前，她考虑到此人年事已高，却说不定是个金龟婿，便表示只喜欢练习高尔夫。她乐意让战争中失去腿的青年教她玩台球，同时也不忘留意身旁的银行经理，坚持打起精神，听其介绍有关银本位制的看法。她对中国人没多少兴趣，因为所处的圈子里，该话题似乎是种禁忌，倘若姑妄言之，众人皆可能斜眼看她。但出于女性本能，她实难掩饰住情绪，对中国妇女所遭受的待遇，简直感到愤愤不平。

"要嫁给谁，她们完全做不了主，这你可是知道的，"她解释说，"婚姻大事全由媒人安排，以至于结为夫妻之前，新郎尚不清楚新娘的容貌。其中毫无浪漫可言，就更别说其他的了。至于爱情，那就……"

她止住话头，仿佛言语已无法表达心中愤慨。她品性纯良，堪称十足的好人。不论将来丈夫是老是少，年龄几何，都应庆幸娶了个完美妻子。而关于这点，她始终都深信不疑。

16
修女

高地上绿树成荫，是个凉爽的好去处，白色的修道院就坐落于此。这里靠山面水，长日当空，我站在路旁等待门房入内通报，一边俯瞰那条波光粼粼的黄褐色大河，以及远处耸峙着的连绵群峰。少顷，院长嬷嬷亲自出面接待了我。这位女士性情温和，满脸慈爱，说起话来轻声细语，听口音可知是法国南方人。院长领我去看她收养的孤儿，她们是清一色的女孩，在修女的教导下学习技艺，如今正忙着制作蕾丝花边，瞧见我们走进去，脸上都露出了羞涩的微笑；她又带我去参观附属的医院，那里收治了不少患有痢疾、伤寒或者疟疾的士兵，他们躺在病床上，衣衫褴褛，显得既潦倒又肮脏。院长告诉我，她其实来自巴斯克地区[1]。每当她推开修道院的窗户，向外眺望层峦叠嶂的远方，不由得总会思念家乡的比利牛斯山脉。她对我说，她已经在中国生活了二十年，有时候想起再也看不见那片海了，心中难免感到苦楚；这座修道院建在宽阔的河边，距离大洋彼岸可是有千里之遥；而正因我熟悉生养她的故土，言谈间

1　巴斯克地区（Basque），位于西班牙东北部，北临比斯开湾，东北隔比利牛斯山脉与法国相邻。

她便对我提及那些翻越比利牛斯山时曾经走过的平整道路。啊，来到中国，就很难遇上这么好的路了！此外，她还描绘了一番山脚下的风景，那儿植被茂密，溪水潺潺，隐约还能发现其中点缀着许多美丽的村落和葡萄园。然而中国也并非一无是处，此地的人民都很善良。她负责照管的孤儿不仅心灵手巧，学起东西来亦十分用功；附近十里八乡的青年无不愿意娶她们为妻，竞相派人来登门说媒，就是青睐她们在修道院学有一技之长，日后即便成婚了，也能靠做针线活来贴补家用。至于医院里的那些伤兵，他们同样没有别人说得那么恶劣；毕竟都是些苦命的娃，倘若能填饱肚子，谁愿意去当兵受罪，还不如尽早回家种地耕田。患病期间，他们受到了修女的悉心呵护，因此常对她们心怀感激，未曾忘记这群外国人的恩情。有时候他们坐在轿子里赶路，碰巧追上两位刚从城里采购回来，拎着大包小包的修女，就会停下脚步，请她们把物品全放进轿子里好顺道捎一程。说到底，他们真是心眼顶好的人啊。

“他们为何不干脆下来，让修女坐轿子呢？”我问。

“他们眼中的修女，无非只是个女人而已，”她宽容地笑着说，“别人本没有义务帮忙，所以你不该向对方苛求太多。”

道理诚如院长所言，可要想记住却没那么容易！

17
亨德森

凡是见过他的人，都难免会哑然失笑，因为根据此君的模样，你立马能推断出他身上的所有特点。只要去俱乐部就可以找到他，引起你注意的是其不落俗套的举止：他要么坐在那里读《伦敦信使报》，要么斜靠着吧台打发时间，手肘边放一杯苦味杜松子酒（他从不喝鸡尾酒）；然而他算得上是所属阶层的典型代表，所以你很快便可认出他来。虽说他与周围环境格格不入，但这种不按惯例出牌的行为，对他而言却是再正常不过的做法。他的衣着和打扮，从脚上穿的那双结实耐用的方头皮靴，到额头前因甚少打理而变得油腻凌乱的长发，所有你能看到的一切，其实都有理有据、合乎标准。他穿的服装松垮垮的，面料也稍显破旧，不过剪裁做工倒是极为考究，宽阔的领口开得很低，露出里面粗壮的脖子。他嘴里总叼着一只石楠材质的短烟斗，只要谈起与香烟有关的话题，便会表现得十分风趣幽默。他身材颇高，体格健硕，双眼炯炯有神，讲起话来如行云流水一般，不仅声音悦耳，而且口齿伶俐，简直就是能说会道。他使用的语言，多半容易让人感觉不雅，这倒并非由于此人趣味低下或心灵肮脏，而是因为他热衷于践行民主精神，喜欢同普通人打成一片。如前所述，通过观察他的外貌，再加上几分猜想，你不难做出这样的推断：他和切斯特顿[1]先生一起喝啤酒（指精神上的对饮，而非真正发生的事实），和希莱尔·贝洛克[2]先生徒步穿越苏塞克斯郡开阔的丘陵地带。他曾在牛津大学踢足球，但当着威尔斯[3]先生的面，又对那所古老学府不屑一顾。在他看来，萧伯纳[4]先生已经有些过时，而格兰维尔·巴克[5]先生依然有望写出好的剧作。他和西德尼·韦伯夫妇[6]进行过多次认真严肃的交流，此外还加入了费边社[7]。他欣赏俄国芭蕾舞，这是他同我们所在之浮华世界的唯一联系。他写风格粗犷的诗，其内容涉及妓女、狗、灯柱、莫德林学院[8]、酒馆和乡村牧师的住宅。他对英国人、法国人以及美国人嗤之以鼻；另一方面（他绝非厌世之徒）又听不得周围朋友说泰米尔人[9]、孟加拉人、卡菲尔人[10]、德意志人或者希腊人的坏话。在

---

1 吉尔伯特·基思·切斯特顿（Gilbert Keith Chesterton, 1874—1936），英国作家，文学评论家。

2 希莱尔·贝洛克（Hilaire Belloc, 1870—1953），英国诗人。

3 赫伯特·乔治·威尔斯（H. G. Wells, 1866—1946），英国小说家、社会学家和历史学家。

4 萧伯纳（George Bernard Shaw, 1856—1950），爱尔兰剧作家，曾于 20 世纪 30 年代访问中国。

5 格兰维尔·巴克（Harley Granville-Barker, 1877—1946），英国剧作家、制作人和评论家。

6 西德尼·韦伯夫妇（Sidney Webb, 1859—1947；Beatrice Webb, 1858—1943），韦伯夫妇二人均为英国经济学家，社会主义者，其中西德尼·韦伯是伦敦政经学院的创立者之一。

7 费边社（Fabian Society），19 世纪末英国成立的社会主义团体，倡导建立互助互爱的社会服务。

8 莫德林学院（Magdalen College），牛津大学的一个学院。

9 南亚民族之一。

10 斯里兰卡的一个民族。

俱乐部里，大家聊起这位老兄，都认为他的思想相当激进。

“一个社会主义者，你明白的。”他们说。

实际上，他想通过小额投资获取可观收益，结果倒成了某家著名公司的初级合伙人。殊不知，人的一大特色，就是你地位越高，则越有借口纵容自己的怪癖。或许你由于打老婆而背负恶名，但只要你是一家老牌银行的经理，整个世界都会朝你另眼相看，不仅对你的暴行视而不见，甚至还频频请你赴宴，真可谓礼遇有加。正因如此，无论亨德森如何大肆宣扬他的那套社会主义观点，众人听后也不过一笑置之，并没有太当回事。他刚来上海时拒绝乘坐黄包车，认为此举太不仁道，背离了自己坚持维护个体尊严的主张。车夫亦生而为人，同他本身相差无几，实在不应该以血肉之躯，像骡马似的拉着他东奔西跑。于是他宁愿选择步行，并信誓旦旦地表示，多运动可锻炼四肢，对健康大有益处；此外，经常走路还容易口渴，这时候再去喝杯啤酒，那种畅快淋漓的感觉，对他而言简直就是二十块大洋也换不来的享受。不过话虽如此，上海的天气却十分炎热，加上总有些急事需要处理，所以他偶尔也不得不靠黄包车接送，向这种有辱人格的交通工具低头。从踏进车厢的那刻起，他浑身上下都很不自在，但坐车的确比走路方便。很快他就妥协退让了，开始经常叫车出行，唯独在坐下来之后，面对前方架着车辕拼力奔跑的伙计，他倒还能不忘初心，总将其视作自己的同胞兄弟。

我俩见面时，他已经在上海待了三年。这座中国城市里有许多店铺，我们在其中流连忘返，从这家逛到那家，不知不觉就花去了一上午的时光。拉我们的车夫跑得满头大汗，每隔几分钟就拿出破毛巾来抹把脸。现在，我们正往俱乐部赶，眼看快要到了，亨德森却突然记起伯特兰·罗素[1]先生的新书刚到上海，他想要去买一本回来，于是赶紧叫住车夫，不由分说便命令他们原路返回。

“我们可以吃了午饭再去买书，你觉得呢？”我说，“你看那两个伙计，汗流浃背的，衣服都湿透了。”

“多出点汗对他们没什么坏处，”他答道，“你不必在意这些中国人。要知道，我们才是统治阶层，来这里就是要给他们点儿颜色瞧瞧，好让他们心存敬畏。”

我无言以对。我甚至没有笑。

“中国人自古就被人主宰，以后也一直会是如此。”

这时，有辆汽车朝我们中间驶来，两位车夫被迫分开给它让路。不久，我们再次比肩而行，可他已经把刚才的话题扔到了脑后。

“你们这些人住在英格兰，哪里清楚抵达此处的新书，对我们究竟意味着什么。”他自顾自地说，“伯特兰·罗素写的东西我全没落下。你看了他最新的著作吗？”

“你是指《自由之路》？是的，我离开英格兰前读过。”

“根据几篇书评上的介绍，我认为他提出了不少有趣的见解。”

我正琢磨着，接下去亨德森肯定会就此话题多说几句，岂料人算不如天算，他的车夫偏偏就在这一刻，碰巧错过了应该拐弯的地方。

“这个街角要转弯的，你这个该死的蠢货。”亨德森大声骂道，同时为了表示强调，他还不忘朝车夫的屁股狠狠踹上一脚。

1　伯特兰·罗素（Bertrand Russell，1872—1970），英国哲学家。1920年应梁启超之邀来华讲学，回国后著有《中国问题》一书。

18
黎明

夜色未央，客栈的庭院前，光线依旧熹微，目力所及，到处都充斥着团团暗影。灯笼才点好，火苗还明灭难定，苦力们却早早起身，在其映照下匆匆收拾行李，准备赶路。他们嬉笑怒骂，吵吵嚷嚷，彼此间大呼小叫，简直是喧闹不停。我外出走到街旁，发现前方有位伙计，他正打了盏灯笼，便决定跟在后面，顺道过去瞧个究竟。附近散落着几户人家，上前细看皆门扉紧闭，屋里不时传来公鸡的啼鸣。而周围的许多店铺，已经卸下了挡板开始接客，人们抖擞精神，就这样迎来了漫长的一天。这端，谁家的学徒把地扫得干干净净；别处，刚睡醒的汉子则忙于洗手擦脸，那油盏中燃烧的灯芯，就是他房间内全部的光亮。我经过一家酒馆，六七人正坐在里面吃早饭。本地的关卡还没有解除，所以守卫就让我从边门通过，我来到外面以后，便沿城墙继续行进，旁边有条缓缓流淌的小溪，熠熠星光都倒映在平静的水面上。接着，我抵达了城门，它巍峨高耸，此刻已经半开；我穿行而过，竟生出些许感慨。正所谓，黎明其幽，俟我于城隅。一时间，朦胧的白日、无尽的旅途和广阔的原野，所有这些风景，都被我尽收眼底。

快把灯笼吹灭吧。在我身后，黑暗逐渐淡去，化为一片紫色的雾霭，我还知晓，它很快就会泛起玫瑰色的红晕。我能看清远方纵横交织的堤道了，那里成块的稻田水波盈盈，苍白而模糊的光亮现已从中闪过。明晦交替之际，既算不上黑夜，也难称作白天。可正是这转瞬即逝的刹那，成就了最富魔幻色彩的美。山坡与谷地，树木和清流，凡此种种，无不显得神秘莫测，宛如远离尘嚣的人间天堂。而太阳一旦升起，用不了多久，整个世界将为沉闷所笼罩。到那时，你才可能发觉，原来白天的光线是冷冰冰的，它把一切都照得灰头土脸，同画室里的陈设没什么两样。就连大地也黯然失色，先前点缀其上的荫翳，如今早已消失无踪，剩下的只有千篇一律的单调及贫乏。我漫游至草木葱茏的山脊，俯身观望依偎于山脚的那片稻田。不过称之为“田野”未免太夸张了，它们多半是些月牙儿形状的小块泥土。农民顺着山势垦荒种地，把土块层层堆叠起来修筑梯田，以便于灌溉和储水。山谷中杉竹茂盛，蔚然成林，仿佛由园丁巧手种植所致，给人以错落有序的美感，看上去颇得道法自然之精要。此刻你不禁心醉神迷，眼前的这幕场景，与其说是卑贱而艰辛的劳作，其实更像皇帝在御花园内的巡游。他身穿明黄锦缎龙袍，手戴嵌玉镶金的镯子，对朝政置之不理，却携宠妃频频来此玩乐。那妃子堪称绝色，待得后世诸君抚今追昔，则皆言“美人误国，诚不我欺也”。

现在，随着日光渐明，有层薄雾从稻田中升起，它弥漫于缓坡之上，直至半山腰方才停歇。眼前的景色真是气象万千，自古以来就备受中国绘画大师的青睐。那些起伏的丘陵，植被异常茂密，连顶端也郁郁葱葱，上面长满了杉树。它们列队挺立在那里，与清朗的天空相映衬，显出饱满而坚实的轮廓。举目四顾，无数山石连绵不绝，远近时有雾气缭绕。那种云蒸霞蔚之姿，不仅使整个空间趋于圆满，更留下了丰富的余地供人去想象，简直如同一幅浓墨重彩的完美画卷。竹林向下伸展到堤边，微风吹拂过两岸，惹得周遭纤细的竹叶也随之婆娑起舞。它们彼此倚靠着生长，枝丫修长又纵横交叠，自有一番系出名门的雅趣，俨然像是三五成群的明代贵妇，苦于旅途劳顿，正停在路边懒洋洋地休憩。她们刚从某处寺庙进香回来，因此衣着打扮均十分华丽，个个身披花团锦簇的绸缎，头上插满碧玉攒成的珠饰。她们裹着小脚，仅靠那双三寸金莲，亭亭玉立地在那里歇息片刻，同时说些无伤大雅的闲话。她们当然明白，即使空谈也要能口吐妙语，舌灿莲花，这才是教养的最佳用途。不一会儿，她们钻进各自的轿子里，顿时就消失得无影无踪。虽然路途百转千回，可这片竹林，我的上帝啊，这片地地道道的中国竹林，却在雾霭的神奇作用下移形换影，看上去像极了肯特郡乡间种植的啤酒花。你还记得吗？那儿大片啤酒花丛的气味多么香甜，草地也无比丰美，青翠欲滴，更不用说与海岸平行的铁路线，漫长而亮闪闪的白沙滩，以及总是显得灰暗荒凉的英吉利海峡。冬日里，海鸥乘着寒风翱翔于天际，它凄楚地叫着，听起来简直让人难以忍受。

19
荣誉攸关

就国际关系来说，无论哪国，往往都会对别国特性抱有某些不切实际的怪诞想法，而没有什么比此类偏见更能影响它们相互间的友好邦交了。或许法国人在这方面遭受的伤害最大，因为周边各国对其产生的误解最深。他们在旁人眼里不过是个轻率的民族，缺乏深邃的思想，举止浮夸，道德败坏，总之毫无信誉可言。就连他们身上那些公认的长处，如才华横溢、天性乐观等，基本也需外国人士（至少要数英国人）以某种居高临下的姿态方可勉强接受；至于个中缘由，皆因盎格鲁-撒克逊人并不十分看重上述优点所致。我们从未意识到，虽然法国人性格颇为放荡，但自他们心底却流露出另一面深沉严肃的品质；与此同时，若问普通法国民众最在意什么，那无疑就是他们的人格尊严。拉罗什富科[1]对普遍人性，尤其是其同胞的素养有着敏锐的判断力，他曾将“荣誉”这个词作为自己理论体系的核心，其实远非兴之所至随机选取的结果，而恰恰是出于该作家重视尊严的缘故。法国人是我们的邻居，他们审慎地看待

1　弗朗索瓦·德·拉罗什富科（François de La Rochefoucauld, 1613—1680），法国作家。

荣誉，那种做派往往会让我们这群习惯了自嘲的英国人感到可笑；然而对于法国人而言，正像“荣誉”二字所表示的，它是一种生机勃勃的力量。因此要想理解法国人，你就必须时刻牢记他们具有异常脆弱的荣誉感。

无论何时，只要我看见斯滕福德子爵开着他的豪华轿车，或坐在自己餐桌的首席，脑海中就会浮现刚才的那些想法。子爵代表了法国在中国的某种重要利益，据说权力之大，即便去到位于巴黎奥赛码头的外交部，连那里的部长本人都要对他礼让三分。其实，双方的关系向来就不怎么融洽，因为部长肯定对这样一位背地里插手外交事务，不打招呼便和中国人进行交涉的同胞心存憎恨。斯滕福德先生总是穿着一件双排扣常礼服，而镶嵌于垂领上的那枚红色徽章，则足以证明他在国内备受尊崇。

子爵的脑袋长得很匀称，有些秃顶，但并不影响美观（法国小说家们往往会用“微脱”来描述这样残酷的事实，无形中也就减少了一半对当事人心灵造成的刺激）。他鼻梁挺拔，好似伟大的威灵顿公爵[1]，眼睑虽然耷拉着，底下两只眼睛倒显得又黑又亮；他嘴唇小巧，还总隐藏在精心修剪过的胡须里，而这抹小胡子可谓是英俊非凡；他手指白皙，珠光宝气，动辄喜欢凑到脸边，把那胡须的末梢搓个不停。三层厚实的下巴将他的气质衬托得高贵无比。他体形庞大而臃肿，容易给人留下深刻印象，因此用餐时习惯坐在离桌子稍远的地方，仿佛他过来不是吃饭的，只需点份小食便已足够。然而老天爷给他开了个颇有恶意的玩笑，尽管此类事情的确可能发

1　威灵顿公爵（Duke of Wellington, 1769—1852），英国陆军元帅。

生在任何人身上。换句话说，他的腿太短，难以同壮硕的躯干相提并论，结果就会造成某种错觉，使他陷入异常尴尬的境地：你看他坐在那里，即便瞧不见下半身，却也想当然地认为他高大魁梧；可是等他一旦起立，你肯定又极为惊讶地发现，原来他比普通人还要矮上几分。正因如此，每当他坐在餐桌前吃饭或者开车去城里兜风时，往往能获得最佳的视觉效果。只有这样做，他的形象才显得气宇轩昂，派头十足。他从你身边路过，透过车窗朝你挥手，甚至大大咧咧地脱下帽子向你致敬。这时你不禁觉得自己何德何能，竟然引起了他的注意，而他也实在是和蔼可亲，不管遇见谁都要打声招呼或者寒暄几句。他稳重可靠，言谈举止皆讲究体面，好似那些来自路易·菲利普[1]时代的政客。他们存在于安格尔[2]的油画中，一袭素雅的黑衣，满头长发，脸颊光滑洁净，仿佛正自命不凡又庄严肃穆地注视着你。

常言道：听君一席话，胜读十年书。有的人学识渊博，聊天时滔滔不绝，就像书籍那样富于教益。与斯滕福德先生交谈，则犹如翻阅某本杂志。这里指的当然不是致力推广通俗文学的期刊，也远非供我们打发闲暇时光的读物，而是观点鲜明、学术性强、影响力大的杂志。照此标准，斯滕福德先生说起话来，应该能同名叫《两个世界》的月刊相媲美。听他高谈阔论固然有些伤神，但也不失为一桩乐事。他具有高超的语言组织能力，随时可以流畅通顺地发表意见，好像已经把每句话都反复演练过多次。只要心有所想，

---

1 路易·菲利普（Louis Philippe, 1773—1850），法国国王（1830—1848）。

2 让·奥古斯特·多米尼克·安格尔（Jean Auguste Dominique Ingres, 1780—1867），法国新古典主义画家、美学理论家，以肖像画闻名于世。

他立刻就脱口而出，绝不为推敲字眼而犹豫迟疑。不论什么事情，他都能解释得清晰明了，不仅遣词造句十分精彩，语气口吻也不失权威。他常常妙语连珠，即使是那些浅显易懂的道理，从他嘴里说出来，也都仿佛镀上了一层警句般的光辉。他总爱在谈笑间挖苦别人，好显得自己幽默风趣。由此可见，他并非资质愚钝。真实情况往往会是这样：他先尤为刻薄地发一通牢骚，然后转身对你评论说“不在场的人总是错的”，那种腔调使他得以用旧瓶去装新酒，向这句俗话注入了某种新鲜感，仿佛他说的堪称最近流行的格言。他虽笃信天主教，却自诩还未达到反动保守的地步。总之，他这个人家境殷实，身份尊贵，而且讲究原则。

他野心勃勃，踌躇满志（再高贵的心灵，在名利面前也很难守住最后的阵地），不过亦自有其可怜之处。为了获取丰厚的嫁妆，他决定娶某个糖类经纪商的女儿为妻。如今这位夫人早已跻身上流社会，她把头发染色，往脸上涂脂抹粉，穿起华丽的服饰，摇身变为娇小可爱的贵妇。婚后他将自己尊贵的姓氏同妻子分享，与此同时，却无法让对方领会到他心中异常强烈的个人自豪感；而正是出于这种信念，他所做的一切才有了动机和意义。挫败及沮丧之情接踵而至，对他而言想必是一次痛苦不堪的考验。原来，斯滕福德先生像许多伟人一样，娶了位对丈夫极其不忠的妻子。但他们这类人向来把尊严看得极重，加上又一贯勇气可嘉，所以子爵选择默默承受了如此不幸的丑闻。他所持的态度简直无可挑剔，结果反倒因祸得福，使得周围朋友都对他另眼相看，钦佩不已。于是他成了众人同情的对象，即使戴上了绿帽子，也依旧坚持不给人留下话柄，始终维护着自己的体面。实际上，每当斯滕福德夫人寻得新欢，他就要求她的父母赔偿一笔巨款，以弥补对其名声和荣誉造成的伤害。

据说赔偿的损失费数额高达二十五万法郎，但以目前的银价，我相信任何生意场上的人士都会坚持用美元进行结算。斯滕福德先生已然资产雄厚，然而在其妻子达到守教规的年龄[1]之前，他无疑将积累起更多的财富。

1　指年老色衰，不得不遵守教规。

20
负重的兽

起初，你看见这名正在赶路的苦力时，定会注意到那负重前行的姿态，为其奋发向上的精神感到欣喜。他身上的衣服尤其应景，虽然破旧，却显出各种蓝色，它们深浅不一，有靛蓝也有青绿，甚至还有近乎乳白天空的淡蓝。他沿着狭窄的堤道在稻田间跋涉，或者好不容易才翻过某处青翠的山冈，仿佛所做的一切都是不偏不倚的命运使然。他装束简单，短褂搭配裤子，仅此而已；如果说这套行头刚开始还像模像样，完好无损，那么等到有地方磨破了需要缝补时，他随手拿起什么边边角角就贴上去，从未想过该找块颜色相同的布料方便打补丁。他头戴草帽，可以遮阳挡雨，那帽檐又扁又宽，看起来颇为古怪，活像是只灭火器材。

接着映入你眼帘的，是成群结队的苦力。他们前后相随，依次朝你走来，每人肩头都挑着扁担，两端分别系有大捆的货物。远远望去，他们的身影犹如画卷般美好，令人心生愉悦之情。他们脚步匆匆，不多时便已走远，而留在田边水波中的倒影，似乎仍兀自荡个不停。见此情景，你忍俊不禁，实在很难掩饰脸上的笑意。当这些苦力从你身边经过时，你抓住机会观察他们的面容。只要还未受到那些反复灌输给你的偏见的影响，先入为主地认为东方人神秘莫测，你看了这些脸庞后可能就会说，他们都是些温厚和善的老实人；路边的小庙旁有棵巨大的榕树，你走到树荫里乘凉，又与他们不期而遇。只见苦力已经卸下了重担，正躺在那儿歇脚，时而抽上几口旱烟，或者与同伴高兴地闲聊。他们每日都须肩挑货物，步行至少三十英里的路程。假如你试着去抬一抬众人放在地上的行李，自然应该为他们坚韧不拔的精神感到钦佩。然而，你若对那些常驻中国的外交使节提及这种感受，他们定会觉得你有些荒唐可笑。要知道——他们宽容地耸耸肩，然后告诉你——苦力只是牲畜罢了，两千年来这些人祖祖辈辈一直都在负重挑担，因此你发现他们乐于做苦工也不足为奇。诚然，外交官的话句句属实，苦力自小就开始练习搬运，关于这点你可是亲眼所见。路上你总能遇到些几岁大的孩子，他们用棍棒挑起几筐蔬菜，摇摇晃晃地不知要走向哪里。

白天慢慢过去，温度也变得越来越高。苦力纷纷脱去了外衣，打着赤膊兀自走个不停。这时，你偶尔会注意到有人停下来准备休息片刻，他把货物放在地上，但为了省事依然将扁担搁在肩头，这样他只好稍微弯腰屈膝，才可以站稳脚跟并喘口粗气。眼见他佝偻而可怜的身影，你分明能感受到他胸中那颗心脏在疲惫地跳动，你看得如此真切，仿佛置身于医院的门诊病房，周围尽是些各种症状的心脏病患者。你望着他，不由得生出一阵莫名的痛楚。此外，你还发现每名苦力的背部都有些异样。年深日久，担子反复重压在他们的脊梁上，留下了道道结痂的红色伤疤，有时甚至是尚未愈合的疮口，它们赫然在目，既不敷膏药治疗，也没用绷带包扎，就这么硬生生地承受木棍的大力揉搓与压挤；然而我们的大自然好像故意要对人类加以改造，好让其适应这种残酷的苦役，于是不少挑夫的身体开始变得畸形，从背上缓缓隆起一个肿块，刚好能托住扁担。

这情形看起来十分怪异，犹如长出了骆驼那样的驼峰，堪称此间最为匪夷所思之处。不过即使感觉心力交瘁，疼痛难忍，又或者遭受大雨侵袭，烈日暴晒，他们还是义无反顾地跋涉。在这条永无止境的路途上，他们年复一年，从黎明走到黄昏，昔日的幼童不知不觉就垂垂老矣。你看那些上了岁数的苦力，他们骨瘦如柴，体内毫无油水可言，干瘪的皮肤松垮垮地晃荡，五官都皱缩在一起，头发花白而稀疏，使得本来就小的脸庞愈发显得如猿似猴，看不出什么人的模样；他们挑着重物，步履蹒跚地奔向生命的终点，那边终于有坟墓可令其安歇长眠。即便如此，苦力仍旧决定继续迈进，他们那种姿态既不像走也算不得跑，而是悄无声息地快步前行，同时双眼随时关注路面，只为寻找最佳的落脚地点。他们的脸紧绷着，流露出急切焦虑的表情。此刻，看着他们渐行渐远，你再也无法体会到先前所谓的诗情画意了，取而代之的是沉重的辛劳与困苦。你被压迫得透不过气来，心中充满怜悯，却又感觉爱莫能助。

人作为万物之灵，竟沦落成负重的兽。

“我们遭遇生活的各种磨难，匆匆度过几十载光阴，却未曾希望能停下脚步，看看周围的风景——讲实话，难道这不可悲吗？我们终日里只会埋头苦干，结果却是前人栽树后人乘凉，精疲力竭之际就要突然离开，茫然不知自己应该去往何处——难道那不值得哀恸吗？”[1]

某位中国玄学家如是说。

1 语出《庄子·齐物论》：“与物相刃相靡，其行尽如驰而莫之能止，不亦悲乎！终身役役而不见其成功，苶然疲役而不知其所归，可不哀邪！”毛姆的引文出自翟理斯（Herbert A. Giles）译《庄子：神秘主义者、道德家与社会改革家》（*Chuang Tzŭ: Mystic, Moralist and Social Reformer*），伦敦：伯纳德·夸里奇出版公司，1889年，第15页。

21
麦卡利斯特医生

他这个人体形保养得很好，刚认识他时应该差不多快六十岁了。但在我看来，他依然精神矍铄，活力十足。他身材本来就高大魁梧，因此即便有些发福也不怎么显胖，反倒为其平添了几分尊贵的气质。他的脸庞近乎俊美，常常流露出坚韧的神色，鼻梁呈鹰钩状，浓密的眉毛早已发白，宽阔的下巴则给人以坚实可靠之感。他穿着黑色的衣服，里面搭配低领衬衫，再系上白色的领结。经过此番打扮，他俨然像是个老派的英国神父。同他打交道你会发现，洪亮的嗓音背后其实充满了热忱，所以他总爱开怀大笑，毫不掩饰自己快意人生的企图。

至于他的事业，那可真是有些不同寻常。三十年前，他以医生的身份来到中国传教。如今，尽管和昔日同僚依旧保持着良好关系，他却离开了当地的布道使团。若想理清事情的经过，我们似乎还得从头说起。教会当年决定，打算在某个合适的区域修建一所学校，而医生则早已看中了那块地方。要知道，中国的城市往往都很拥挤，故建筑用地极为有限，寻获一处简直是难上加难。几次三番讨价还价之后，教会终于买下了那片空地，接着才发现其所有者竟不是同他们洽谈的中国人，而是医生自己。原来，医生知道创办学校的计划刻不容缓，周围又没找到其他闲置的地皮，索性就去中国人开的银行借款，赶在教会前面自行将那块地购入囊中。此番交易并无任何欺诈的成分，不过对于教会众人来说，这样的做法或许有些不择手段。正是基于上述理由，他们无法接受麦卡利斯特医生所谓的善意玩笑，对他本人也开始心存芥蒂，有时甚至还恶语相向，态度显得十分尖酸刻薄。虽然麦卡利斯特医生与其中某些人向来交好，对他们的目标和趣味总能感同身受，结果却是他选择辞去教会里的职务，以防事态变得一发而不可收拾。众所周知，他是个头脑灵光的医生，在治病方面很有些手段；无论患者是中国人还是外国人，他都会悉心诊疗，所以很快便有了大批新的主顾。他开办旅馆，为客人提供食宿，而且定价远远高于普通水平。此外，他还规定入住的房客不得在室内饮酒，惹得大家对此皆颇具微词。然而，该旅馆终究要比中国人开的客栈舒适得多，众人看在住宿环境的份上，只好尽量忍受医生房东的这些原则。可以说，他做任何事情总能左右逢源。河对面有座小山，他花钱买下那里的一大片土地，然后在上面建起许多独立的单层小屋，再将它们包装成避暑名所，纷纷推销给城中的传教士居住；他还拥有一家大型百货商店，专门出售外国人所需的各类物品，从美术明信片与古玩字画到伍斯特郡辣酱油和针织套衫，简直是琳琅满目，应有尽有。他天生适合经商，把这项事业打理得极为出色。

我应邀去他家吃午餐，发现场面很热闹，的确令人难忘。他就住在自己店铺楼上，那里专门留有一套宽敞的临河公寓供其使用。参加聚会的除了麦卡利斯特医生和他的第三任妻子以外，还有一位四十五岁左右，身穿黑色缎面礼服，戴着金丝边眼镜的妇人，一位打算前往内地传教，途中顺道来医生这里待几天的牧师，以及两位刚加入布道使团的年轻女士，她们不怎么爱说话，只想着赶紧把中文学好。餐厅的墙上悬挂着若干写满了祝福话语的卷轴，这些都是主人五十岁生日之际，他的中国朋友和皈依的教徒送来的寿礼。菜肴极其丰盛，一如在中国请客吃饭时的惯例，而麦卡利斯特医生也乐在其中，尽情享用了各式各样的美食。此外，为了显示自己笃信宗教，午餐前后他还不忘以某种异常投入的姿态，用低沉的声音进行长篇累牍的感恩祷告。

饭毕我们回到客厅继续闲聊，只见麦卡利斯特医生站在壁炉前，惬意地感受着火苗散发出的温暖，因为冬日里中国会变得十分寒冷。与此同时，他从壁炉架上拿起一张小照片，接着将其递给我看。

“你知道那是谁吗？”他问。

照片中的传教士年纪轻轻，显得非常消瘦。他身穿低领衬衣，系着白色牧师领结，双眼又大又忧郁，满脸深沉而严肃的表情。

“英俊的小伙子，对吧？”医生提高嗓门，粗声粗气地说。

“长得真不赖。”我答道。

或许他是个稍微有些自负的青年，不过年少轻狂本来就无可厚非，而且这一缺点在他身上，只要遭遇那失意伤感的恳切神色，必定会受其调和，最后消失殆尽。他天性敏感，仪表堂堂，脸上五官轮廓分明，加之眼中时而闪现出异常动人的惆怅，可以说简直就是俊美无双。或许他对宗教怀有盲目的狂热，然而不畏殉道已然十分勇气可嘉；追求理想主义的态度往往极具魅力，其中蕴含的率真与活力，更是温暖了我们的心底。

“他的脸很招人喜爱。”我边说边把照片还给他。

麦卡利斯特医生暗自发笑。

“当年我刚来中国时，就是那副模样。”他说。

原来是他本人的照片。

“现在可没人认得出来。”麦卡利斯特夫人难掩笑意。

“我以前就是照片上的样子。”他说。

他拨开黑色燕尾服的后摆，俨然下定决心，稳稳地坐在了炉火跟前。

“我常常笑话自己，起初竟会把中国想得那么糟糕。”他说，“我既决意前往传教，便已做好吃苦遭罪的准备，谁知刚上轮船就感觉惊讶不已，因为我入住头等舱，每天用餐多达十道菜。尽享如此待遇，这与经历磨难可相差太远，但我对自己说：等到了中国，肯定有你受的。嗯，抵达上海以后，几个朋友接我下船，他们把我安顿在某处豪华的府邸，那里凡事无须自己操心，有顶好的仆人服侍照料，而且伙食也堪称一流。上海啊，我感叹道，这纸醉金迷的十里洋场，果真是东方的堕落之源。内地的生活应该相形见绌，全然不同吧。旅途奔波，我终于来到此地。按照计划，我先客居在教会负责人家中，及至寻得自己的住处，将房间收拾妥当后再搬过去。他的房子很漂亮，外面有个大院子，内部摆放着美式家具。此外，我平生从未睡过那么高级的床铺。他尤其热爱打理花园，里面种植着各式各样的蔬菜。我们用它们来做凉拌色拉，再加入品种丰富的水果，那味道同我们在美国吃的没什么两样；他还养了头奶牛，所以我们的牛奶和黄油都是最新鲜的。我思量着，自己长这么大还没有吃过如此多的好东西呢。无论什么事，你都不用亲自动手。倘若想要喝水，只需喊来男仆，他自会给你递上一杯。我来的时候正值初夏，大家都忙着收拾行李去山中纳凉。当年他们尚未在小丘边购置别院，倒是常去那里的一所寺庙消夏避暑。我开始意识到，此番远赴重洋毕竟算不得什么千辛万苦的修行，我原本还指望要以身殉教，壮烈牺牲呢。你知道我做了什么吗？”

麦卡利斯特医生想起那段尘封已久的往事，不住地偷偷笑个不停。

“到达这儿的第一晚，我把自己关在屋内，趁四下里无人，径直扑倒在床上，像孩子似的放声大哭。”

麦卡利斯特医生兀自继续说着，可我却无心细听他到底讲了什么。我实在很好奇，他如何就一步步地汲取教训，从当初单纯而热血的青年，变成了现今我所认识的练达男子。那才是我想要写的故事。

22
路

这根本算不得什么大道，充其量只能说是用土堆起来的堤状小径，上面铺着一英尺见方的石板，左右也就四英尺宽，故仅容许两台轿子小心翼翼地相向通过。就路况而言，其大部分区域修缮尚佳，但仍有多处石块已经崩裂损毁，或在稻田积水的冲刷下松动脱落，于是至此则尤为寸步难行。千余年前，城郭的雏形遂始于这片土地，彼时人们往来其间，络绎不绝，以致阡陌交错，成为联结市镇的最初通途；如今，所谓的堤道正按同样的路径，迂回盘旋着向远方延伸。它蜿蜒曲折，横卧在稻田之中，虽饱经人间沧桑，却坚持不为世事所动；你还能分辨得出，它的前身原为一条历史悠久的古道，当年那些不知名的农夫开山修路，并非只顾节省时间，而是想要跋涉时少花点气力。你走下主干道，抄近路穿过田野，准备前往某个远离交通要线的城镇，这时你应能看见它的源头究竟位于何处。接着你会发现，前面的土堤异常狭窄，连挑担的苦力也无法顺利通过；倘若你正在稻田间穿行，那么他就只好退到旁边的田埂之上，以便让你先走。这片空地面积很小，种有豆苗，旨在将庄稼分隔成块。不久，铺路的石板亦消失殆尽，你乘轿子漫游，脚下是踩实的泥淖，小道渐行渐窄，而轿夫每迈出一步都显得十分谨慎。

总有人劝你不该胆大妄为，免得遇上拦路抢劫的土匪而丢掉性命，你也雇用了衣衫褴褛的士兵作为护卫，带着他们一起踏上征途。尽管如此，整个旅程其实并没有什么冒险可言。但说起值得注意的见闻或事件，那可真是层出不穷。首先引人瞩目的，要数每天永不重样的黎明。无数诗人钟情于晨光，对其满怀热情地歌咏，他们本应睁开睡眼抖擞精神，通过仔细观察来获取灵感，然而由于他们早上起得太迟，最后不得已只能借助天马行空的各种想象。正如月夜潜入梦中与之幽会的女子，她一颦一笑都散发着无与伦比的魅力，直教白日里所见的美人也相形见绌；可就算她在诗人笔下集万千宠爱于一身，那些特质终究只属于虚无缥缈的幻觉。其实，再瑰丽的黎明，仍旧还是少了几分寻常落日的华彩，但因为欣赏的人十分有限，难以造成审美疲劳，这才显得比黄昏要更加妖娆多姿。从某种程度上说，每段黎明皆与众不同，你甚至可以想象，眼中的世界随破晓而焕然一新，已不完全是昨日的那个模样了。

其次，须留神路边随处可见的普通场景。一名农夫站在齐膝深的水塘内耕田，他手中的铁犁形制古朴，想必与其祖辈四千年来使用的农具一脉相承。前面是头凶神恶煞的水牛，它猛地拉动犁车破土行进，所到之处无不溅起大片泥浆，它瞪着双眼，仿佛看透了世间伪善，正嘲弄似的诘问上苍：这般没完没了地劳作究竟有何意图。近旁走来一名老妪，她身穿蓝布衣裤，挽着裤腿，还裹了小脚，因此步伐踉跄，全靠长拐杖的支撑才免于失足受伤。两位肥胖的中国人坐在轿子里赶路，他们匆匆和你擦肩而过，却一直回头目送你远去，那种眼神显得既无聊又充满好奇。你看到的每个人都有自己的故事，即使再琐碎平常，也完全能瞬间激发你的想象。此刻，你愉快地把视线转至某位年轻母亲身上，只见她皮肤光滑细腻，宛如黄澄澄的象牙，她将孩子系在背后，同时不紧不慢地沿着路边闲逛；你随即注意到一名老人的五官，上面皱纹密布，流露出难以捉摸的神色；抑或是对某个粗犷的苦力产生了兴趣，透过那满脸的横肉，你不禁感叹其体格壮实如牛。除去所有这些，旅途中还要翻山越岭，你虽精疲力竭，却始终怡然自乐，因为只有登高远眺，才能收获展现在眼前的整片乡野。日复一日，这种景致并没有什么区别，然而每次举目四顾，你总会察觉新的变化，并由此稍显激动不已。圆润的小山丘大同小异，像羊群般环绕着你，放眼望去，它们连绵不绝，直至视线尽头的远方；许多山上都有一棵孤寂的树，其优雅的轮廓与天空交相辉映，像是为表现如画之美而特意栽种在那里。好几丛似曾相识的竹子轻柔地斜倚过来，几乎围住了数户外观差不多的农家；层层叠叠的屋檐下，这些房舍汇聚成群，和谐地掩映在同样苍翠的山谷之中。茂密的竹林俯身朝向大路，其姿态可爱亦不失端庄，俨然是群屈尊下顾的大家闺秀，举手投足皆无懈可击，不仅让对方毫不见怪，甚至会感到受宠若惊。它们犹如洒脱的花儿，开到荼蘼仍尽情盛放，那是一种贵族所特有的恣意妄为，坚信良好的教养能确保自己永无道德败坏之虞。可前人于路口竖立牌坊，除纪念持节守贞的寡妇或连中三元的儒生外，分明也在提醒你很快某个村镇就要到了；随后你穿过一排破败肮脏的棚屋或一条繁华忙碌的街道，在居民当中造成片刻的骚动与喧哗。大家纷纷撑起大片草席，并铺设于两旁屋檐之间，以便遮挡阳光，给巷子带来些许阴凉；难怪这里光线比较昏暗，而底下摩肩接踵的人群，也因此披上了一层不自然的神气。你寻思着，阿拉伯旅行家对术士生活的城池耳熟能详，其中游荡着形形色色的百姓，想必与眼前的场景别无二致。你若在此地停留，夜半时分身体就会遭遇诅咒，从而发生可怕的变化；除非能找来破解魔法的秘方，否则你只好隐姓埋名，去体验独眼驴或黄绿鹦鹉的生活。敞开的铺子里，店主售卖的货物似乎非同寻常，而酒馆内为饭菜所准备的原料，却又令人大倒胃口，食之简直难以下咽。你眼中所见往往千篇一律，因为在外人看来，每个中国市镇无论如何都与别处极其相像，不过即便如此，你也能靠分辨种种细微的差别来获得感官上的享受，从而挖掘出它们各自有哪些主导性的行业。就居民的需求来说，各个市镇基本做得到自给自足，但它们相应地也标榜着本地独有的特产。于是你就会发现，这里出产棉布，那儿的绳索很耐用，而别处还有优质的丝绸。你一路走来，挂着金灿灿果实的橘树逐渐变得稀疏，接着轮到大片的甘蔗种植园登台亮相。黑色缎面帽子退出了你的视野，取而代之的是各式头巾，人们还把手中红色的油纸伞换成了湖蓝色的棉布伞。

可说到底，这些不过是每天都会发生的普通事件。它们的出现让百姓安居乐业的同时有了期盼，而生活多些滋味，也不至显得过于单调无聊，例如工作日与假期，好友间的聚会，春天到来时的欢欣，冬季开始后的薄暮，以及那些和亲人惬意共度的漫长夜晚。谁也说不准爱情何时就突然降临，它光彩夺目，在其映照下人们喜不自禁，其他一切都成了次要的陪衬，它把日常事务提升到极高的境界，连最琐碎的东西也被赋予某种神秘的意义；于是，平凡的生命历程因遭受阻隔而被迫中断，原来美就近在眼前，你茫然不知所措，很快就被其用强力摄去了精魂。因为透过重重迷雾，你或许已经隐约看见了美轮美奂的屋顶，那是座巍峨耸立的寺庙，它从巨大的石质堡垒上拔地而起，周围是一圈天然的壕沟，里面静静流淌着绿莹莹的护城河；及至阳光把建筑都照亮，你又仿佛看见了梦幻般的中国宫殿，它富丽堂皇之至，堪比萦绕在阿拉伯说书人心头，令其念念不忘的建筑奇观；或者，黎明时分你刚要穿越某个渡口，可能看见上游不远处有条舢板，船夫正指挥运送一群旅客过河；太阳从他们背后升起，你凝视这些黯淡的身影，突然就认出了卡戎[1]，你知道坐在他船上的人啊，全都是神情忧郁的亡灵。

1 希腊神话中冥河上的摆渡人，负责把亡灵渡往冥府。

23
上帝的真理

伯奇是英美烟草公司的代理人，受到派遣住在内地的某个小镇上，这里的街道每逢下雨，泥水足有一尺来深。见此情景，你就得赶紧钻进马车里，否则从头到脚便会被溅得污秽不堪。岁月更迭，往来的交通总是川流不息，因而路面早已年久失修，到处都显得支离破碎、坑坑洼洼的，即使你驾车如步行般缓缓经过，也难免要遭受颠簸之苦，最后浑身筋酸骨痛，甚至还胸闷体乏，气喘吁吁。虽说城内有两三条商业街，但他对店家售卖的货物了如指掌，恐怕提不起什么兴致；而无数弯弯曲曲的巷子，仿佛只肯向他展现外部那片围墙，它一眼望不到头，唯有若干厚重紧闭的门户将其单调的布局打破。对于他所属的白人而言，这些中式住宅就像他周围的生活一样难以捉摸。他非常想念家乡，算起来已有三个月未曾和任何白人说过话了。

他结束了当天的工作，又没有其他事情可打发时间，便只能按照唯一合适的路线出去散步。他穿过城门，踏上崎岖的大道，顺着深深的车辙闲逛，就这样走到了郊外。群山草木荒芜，却也充满野性，它们环绕在峡谷周围，似乎随时准备把他困于此地。事到如今，他觉得文明世界已是远在天边，简直遥不可及。虽然那种彻底的孤独感始终挥之不去，但他心里清楚须小心提防，免得陷入其中而无法自拔，不过此刻他倒比平时更加咬紧了牙关，这才勉强让纷乱的情绪稳定下来。其实，他正处于精神崩溃的边缘，仿佛分分钟要遭受致命的打击。突然，他看见有个白人骑着矮种马向他靠近，一辆中国马车兀自缓慢地尾随其后，里面想必都是些随身携带的私人物品。伯奇立即猜到，眼前这人应该是名传教士，他从更为偏僻的驻地出发，途经该处山谷，欲南下前往某个通商口岸。转念间伯奇心花怒放，喜悦之情溢于言表，他终于有可以说话的对象了。他加快脚步，颓丧的神情早已消失无踪，浑身上下都充满了活力。他几乎是连走带跑地来到这位骑马人的跟前。

“你好呀，”他打着招呼，“敢问老兄来自哪里？”

那人勒住马头，报给他某个边远小镇的名字。

“我要南下去赶火车。”他接着说。

“你最好去我那儿待一晚再走。我已经三个月没见到白人了。我的住处有很多房间。英美烟草公司，你肯定知道。”

“英美烟草公司，”骑马人喃喃自语。他的脸沉了下来，原先笑脸盈盈的友好模样逐渐变得凌厉冷酷，“我可不想同你打交道。”

他双腿夹了夹马肚子，开始继续向前走，可伯奇却一把将缰绳抓在手里不放。他不敢相信自己的耳朵。

“你这是什么意思？”

“我不能和做烟草买卖的人扯上什么关系。别抓着缰绳，快松开。”

“可是我都三个月没同白人说过话了。”

“那不关我的事。赶紧松手。”

他又用腿踢了矮种马一下，催促它快走，并执意把嘴唇抿紧，狠狠地注视着伯奇。这时，伯奇已是怒气满胸，不得不发。眼看马匹就要继续前进，他牢牢拽住缰绳，开始朝传教士破口大骂。所有想得到的污言秽语，他全都向对方脱口而出，极尽讥讽嘲弄之能事。他诅咒侮辱，脏话连篇，那些字眼皆下流无比。传教士却默不作声，只管策马急行，好离开这是非之地。伯奇遂转而抱住传教士的腿，将其猛地拉出马镫；传教士几乎摔了下来，只见他狼狈不堪，慌乱中赶忙去抓马鬃，随即还是半滑半跌地滚落在地。如今马车已赶上他俩，然后止步暂停于那里。两个中国人坐在车内，好奇地观望着白人的动静，一副事不关己的懒散模样。传教士脸色铁青，简直被气得火冒三丈。

“你竟敢袭击我。我会让你为此丢掉饭碗。”

“你下地狱去吧，”伯奇骂道，“三个月了，我没遇到过一个白人，而你连话都不愿同我说。你好意思自称是个基督徒？”

“有种告诉我名字吗？”

“我叫伯奇，你这该死的东西。”

“走着瞧，我会向你上司告状的。现在退到旁边去，不要妨碍我赶路。”

伯奇握紧了双拳。

“赶紧滚吧，否则我将打断你身上的每根骨头。”

传教士翻身上马，用力抽了坐骑一鞭，矮脚马撒开四蹄，小跑着消失在远方。那辆中国马车也笨重地随之缓缓上路。当周围只剩下伯奇一个人时，先前满腔的怒火反而消失殆尽，他悲从中来，嘴里不禁发出一声啜泣。人心确比荒山还要坚硬啊。他转过身去，慢吞吞地沿着旧路，回到那座被高墙围住的小城。

24
浪漫情调

我乘舟出行，整天都在顺流而下。想当初，张骞[1]却逆流而上，意图寻找这条河水的源头。经过不知多少个昼夜的航程，他终于来到某座城市，发现那里有位忙于纺纱织布的少女，而且还遇见了牵牛至岸边饮水的青年。他问此处是什么地方，姑娘将自己的梭子送给他算作回答，并要他返回以后向占星家严君平[2]展示该信物，便可从其口中得知他究竟去了哪儿。他照做不误，占星家一眼就认出那把梭子是属于织女的东西，进而宣称，当日张骞获赠梭子时，他注意到有颗流星猛地闯进天幕，恰好从织女和牛郎之间划过。张骞因之恍然大悟，原来他奋力驾船，竟已误入银河深处。

然而，我却未曾走得那么远。我的五名船夫整日都站着摇橹，这情景同过去七天并没什么两样。他们推动手中长长的桨板，使其与船沿用作支架的木钉不断碰撞，那吱吱嘎嘎的单调声响，到头来

1 张骞（约前164—前114），西汉外交家、旅行家、探险家，丝绸之路的开拓者。据传曾奉汉武帝之命考探黄河源头，后来被虚构成误入银河、巧遇织女的浪漫故事。

2 严君平（约前87—约6），本名庄遵，字君平，西汉思想家、易学家、卜筮家。

仍余音不绝地回荡在我耳边。有时候，河水会变得很浅，我们的船剐蹭到河床上的礁石，往往容易发生颠簸，甚至还伴随着刺耳的噪声。两三名船夫眼见于此，遂将其蓝布裤脚高高挽起，直至勒在大腿根部，然后纵身跳入水中。他们喊着号子，合力拖动平底船离开那片沙洲。有时候，我们会遭遇一段急流，虽比不上长江边惊涛拍岸的险滩，但其移动速度之快，也足以使溯溪而上的中式帆船退避三舍，不得不依靠纤夫的牵引才能安全通过；我们则全程顺势直冲而下，尖叫着任由船头击破翻滚的浪花，很快便抵达另一片如湖面般平静的水域。

傍晚时分我们靠岸停泊，众人纷纷动手帮忙，跑到前端随便搭个简易的窝棚准备休息；而今入夜已深，我的船员都在那里挤作一团，沉沉地睡去。我则坐在床边。只需用木材撑起三段拱形框架，再往上面盖好竹篾席子，就构成了这间寒酸的客舱。一周以来，我别无选择，权且将此处充作临时的起居室兼卧房。几根板条草草拼接着封住背面，相互间却远不及严丝合缝，反倒留下了许多巨大的缝隙，弄得凛冽的寒风直往里灌。我所住的陋室前方，是属于船员们活动的区域。这群小伙子个个身强体壮，白天负责操桨划船，夜里便躺在原地，还不忘喊舵手过来一起睡觉。说到舵手，他身穿破旧的蓝布衣衫，外面套着件颜色褪得灰白的棉袄，脑袋上缠一圈黑色头巾，从早到晚都要站在一支长桨跟前，这就是船舵，他需要不时调整舵柄以控制航向。舱内几乎空空如也，除去必要的陈设外并无其他家具：其中摆着我的床铺，由于天气寒冷，地上放了只形如汤盘的硕大浅盆，里面有木炭在燃烧，我把装衣服的篮筐当成餐桌，从头顶的拱木还垂下一盏防风灯，正随水势而轻微晃动。这里实在矮得要命，我虽身材不高（鄙人常用培根的名言聊以自慰：

个子挺拔则犹如大厦，顶层往往最缺乏布置，故容易显得空荡无物），却只能勉强站直。不知是谁在睡梦中打起了呼噜，动静越来越响，估计吵醒了旁边两人，因为我听见窸窸窣窣的说话声。可他们一会儿就止住话头，此时呼噜声也消失了，周围一切又复归至万籁俱寂当中。

接着，仿佛有什么东西几乎触动了心弦，我突然感到眼前这番场景，分明就是我所追寻的浪漫情调。它那无与伦比的氛围感染着我，不放过每处细节，直教人生出为艺术而陶醉的欣喜；但不管怎样我却很难说清楚，此时此刻胸口难得涌动的激情，究竟是拜何物所赐。

毕竟自己见识有限，免不了孤陋寡闻，所以就生活经历来说，我常常身在福中不知福，对本该显得浪漫十足的情境，当时却无动于衷；然而，后知后觉的结果只能由回顾往事来实现，将其同心中所持何为浪漫的观点相比较，这样我才完全知晓它们是多么超凡脱俗。在某些特定场景下，我努力把自己想象成所谓的看客，从当前饰演的角色里抽身而去，唯其如此，方得以领会几分珍贵的浪漫情调；不过该品质并非总深藏不露，若换作别的状况，我看也有可能像直觉一般，轻易就悉数绽放那醉人的芳菲。曾经，我与一位靠魅力及天赋赢得举国崇拜的女演员翩翩起舞，或信步出入某座豪宅名流云集的厅堂，同全伦敦的显贵精英谈笑风生；待到曲终人散，面临时过境迁的处境，我才留意到眼前这些也许就是浪漫情调，尽管此番判断略微带着韦达[1]小说式的风格。战场上炮火纷飞，死神的威

1 韦达（Ouida, 1839—1908），英国小说家，其作品常描写上流社会生活。

胁近在咫尺，而我一旦能确保自身安全无虞，就很难再继续沉着冷静地旁观，非要趁兴致勃发之机，仔细察看各处的进展不可。沐浴在圆月皎洁的清辉里，我乘船夜行，横跨太平洋来到某个由珊瑚礁组成的岛屿，随即便发现那儿不仅景色优美，还拥有奇妙的异国风情；我顿时满心欢喜，油然生出幸福的滋味，但直至后来才激动地承认，自己其实同浪漫情调早就亲密接触过。记得在纽约一家宾馆的卧室，我曾和五六位朋友围坐桌旁，大家携手为复兴某个古老王国而出谋划策，因为百年来该地区遭受的苦难，已频频激励着好几代的诗人及爱国志士，可以说就在那时，我与浪漫情调不期而遇，听见了它拍动翅膀的声响；而我主要的体会却是某种出乎意料的乐趣：战争正为害人间，我倒罔顾重重危险，积极投身于不合自己禀性的事业。别人眼里缺乏传奇色彩的窘况，我甚至能感同身受，并从中汲取真正的浪漫激情。首次被其深深触动的夜晚仍记忆犹新，当时我正在布列塔尼[1]沿岸某个村舍打牌，隔壁房间躺着一名垂死的渔夫，根据这户人家女眷的说法，他就要出门赶潮去了。屋外，暴雨兀自肆虐不停，狂风呼啸着席卷大地，猛烈地向紧闭的窗子发起冲击，仿佛极力想陪老人走完最后一程，这种场景看来很适合为大海那年迈的勇士送终。岸边巨浪轰鸣，反复拍打着饱经摧残的石块。我突然觉得兴高采烈，因为我知道此处便是浪漫情调之所在。

如今，似曾相识的狂喜又攫住了我的心，浪漫情调好像幻化成为实体，重新汇聚并浮现在我面前。然而它来得太过仓促，没有任何征兆，直教我心醉神迷，不禁想弄清楚这究竟是怎么回事。我思

1　布列塔尼（Brittany）半岛位于法国西北部，与英国隔海相望。

索它源自何处，却总也说不出一个准确的讯息：油灯里火光闪烁，给头顶的竹篾席子烙上道道阴影，或许它藏匿其中，就这样爬进了船内；从舱口望去能看见河流，或许它是顺着水势漂过来的。无论如何我都很好奇，想知道有哪些要素，构成了眼下这种难以言喻的欢欣，于是便起身走向船尾。五六艘中式帆船停泊在旁边，它们竖着桅杆，想必是要往上游去的；每条船上都十分安静，听不到一点声音，那些船员肯定早已熟睡了吧。夜色并不浓重，因为正值满月时节，漫天云朵也难掩其放射的光华，而河水却被这层朦胧的清辉衬托得鬼影幢幢，颇为可怖。远处岸边升起一团雾霭，把树木全笼罩起来，模模糊糊地瞧不真切。举目四顾，附近之景致固然令人陶醉，但都显得有些按部就班，毫无半点标新立异的成分，所以我要找的东西不在这里。可当我回到竹席搭好的舱室，却发现先前那股让它蓬荜生辉的魔力也消失了。哎呀，我俨然是个偏执狂，即使把蝴蝶撕成碎片，也要找出它究竟美在何处。可是话又说回来，当摩西自西奈山顶返回部落时，他因与以色列的上帝交谈过而容光焕发。同样的道理，我的小船舱、炭火盆、防风灯，甚至是行军床，所有这些物件上都还保存着某种激动人心的东西，连我也一度为之感到兴奋不已。由于心中的奇梦在某个瞬间被它们点燃，我再也无法做到轻易就等闲视之了。

25
高风亮节

他已逾耄耋之龄。五十七年前抵达中国时，他只是个随船医生，后来当上了南方某港口的医务官，而他的前任由于身体抱恙，故不得不回国接受治疗。那会儿他应该至少有二十五岁，所以现在多半要到八十好几了。他既高且瘦，包裹住骨头的皮肤十分松弛，就像是穿着一套过大的服装：他的下巴底部呈布袋状，晃晃荡荡的，犹如老火鸡嘴边的巨型肉垂；但他的蓝眼睛却又大又亮，丝毫不减往日的神采，另外其声音也极具沉郁顿挫的魅力。寒暑交迭，五十七个年头转瞬即逝，他曾沿海岸行医，陆续置换了三四间诊所，如今恰逢故地重游，遂决定在离当初生活过的港口不到几英里处安顿下来。该片区域位于河流入海口附近，满载的汽船航行至此，考虑到吃水太深无法进城，便纷纷下锚停泊，开始就地装卸货物。这里只有七幢白人住宅，一家小型医院，以及为数不多的中国人，乍一看怎么也不像是个值得医生定居的理想环境；然而他年事已高，另外还需兼顾副领事之职，生活闲适些倒也正合其意。他忙着处理公务，未曾感觉空虚无聊，同时又不至于过劳而累垮自己。所谓老骥伏枥，志在千里，他仍旧精神可嘉。

“我打算退居二线，”他说，“是时候把机会留给年轻人了。”

他自娱自乐，兴致勃勃地规划往后的时光：一直以来，他就想去西印度群岛观光游览，现在则发誓要将其付诸实践。天哪，先生，此番他已时日无多，若再拖延恐成终生憾事。那么英格兰呢？嗯，据他所了解的情况，如今英格兰可不是绅士待的地方。算起来，他有三十年没回去过了。况且他也不是英格兰人。其实，他生于爱尔兰，没错，先生，在都柏林圣三一学院拿的学位；但为着那里天主教牧师[1]的缘故，又由于新芬党[2]人主张独立，他无法知道他儿时熟悉的那个爱尔兰还有多少得以留存，估计大部分早就消失殆尽了吧。一个适合打猎的美妙国度，他说道，眼睛睁得大大的，其中闪过几分蓝色的微光。

尽管医务工作者常标榜德行出众，他们待人接物时却不怎么讲究礼仪，相比之下，他显得温文尔雅，风度翩翩，普通医生可没有那样好的态度。他们表现出一副高高在上的神气，我不知道这种令人遗憾的优越感究竟从何而来，可能因为需要频繁同患者打交道，所以养成了上述恶习；也许读书时受到老师们的言传身教，那些依然秉承糟糕的传统思想，认为不粗鲁无以彰显其地位的教授也大有人在，而且过去该价值观还被若干著名学者奉为衡量事业的圭臬；抑或是由早期在医院的实习经历所致，容易将周围穷苦的病人，全都看作属于某个比自己更低下的阶层；然而不论原因出自哪里，有一点总归是肯定的，即这类医生最缺乏基本的礼貌与素养。

他和我们这代人迥然相异，至于这种差别到底体现在何处，却又不易分辨清楚：是他的声音及姿势，那举手投足间安逸的神采，

1　在爱尔兰，牧师大多信奉罗马天主教，有别于信奉新教的英格兰教士。

2　新芬党（Sinn Fein），成立于 1905 年，爱尔兰资产阶级民族主义政党。

还是因循古礼而恪守至今的繁文缛节？当前社会人心浮躁，连君子之名亦沾染上贬损的意味，然则身处其中，我想他倒比谁都更像是个十足的绅士。尽管该字眼着实受尽曲解，既为乌烟瘴气所掩盖，本身代表的品格也俨然成了群氓大肆嘲弄的对象。在过去三十年里，不少野夫如东施效颦般随便做做样子，无须花费太多心思，就想当然地冠以绅士之衔，他们一度造成极大的轰动，并使出浑身解数相互讽刺挖苦，结果抹黑弄臭了这个光荣称号；或许他们良知尚存，心中清楚自己毕竟是浪得虚名，根本不配以绅士自居。他那与众不同的气质，大概还可归因于所受的独特教育。年轻时他曾学习过许多貌似无用的知识，如古希腊和古罗马的名著，而熟读经典则为培养其性格打下牢固的基础，只有像这般长期地潜移默化，才造就出他身上堪称今世难寻的禀赋。他生长在一个不知周刊是何物的历史阶段，人们都严肃认真地看按月发行的杂志。就内容来说，彼时大众普遍阅览的材料可比当下某些书籍实在多了。也许那个时代的百姓嗜酒成瘾不懂得节制，但他们却能自得其乐地读贺拉斯[1]的著作，而且还对司各特爵士[2]的小说烂熟于心。《纽卡姆一家》[3]曾在杂志上连载，他也毫不例外，每期都会早早买来先睹为快，如今回想起这幕场景他仍感觉记忆犹新。依笔者之见，那时的人即使不比我们愈发热衷历险，至少在高风亮节方面更勇于创新：眼下民众只图嘴皮子快活，好像开画报新闻的玩笑关乎生死，往日那群家伙可是

1　昆图斯·贺拉斯·弗拉库斯（Quintus Horatius Flaccus，前 65—前 8），古罗马诗人、批评家、翻译家。

2　沃尔特·司各特爵士（Sir Walter Scott，1771—1832），英国小说家。

3　英国小说家威廉·梅克比斯·萨克雷（William Makepeace Thackeray，1811—1863）写于 1853 年至 1855 年的作品。

敢冒天下之大不韪，搭上性命也要捍卫拉丁文写就的箴言。

然而我该怎样去分析如此微妙的品质，才对得起这位卓尔不凡的老人呢？读一页斯威夫特[1]的书试试：他笔下的词汇同当前我们的日常用语并没有什么区别，几乎每句话的编排都展现出最简洁的文风；可你从字里行间又体会到了某种高尚的节操，空灵的情调，甚至还有点馥郁的气息，而所有这些皆是我们现代人努力争取却无法企及的功绩：简言之，风格决定一切。至于他的情形也就能解释得通了，不外乎其独具高风亮节的个性，除去此项则无须再说太多。

1　乔纳森·斯威夫特（Jonathan Swift, 1667—1745），英国讽刺作家。

26
雨

的确，谁也无法保证每天都是阳光灿烂的。有时候冻雨突然袭来，劈头盖脸地把你淋个够呛，再刮起好一阵东北风，带给你冰冷刺骨的寒意。自前一天开始，你的鞋子和外套就没有干过，而你还需走三小时路才能吃上早饭。黎明将至，周围呈现出惨淡的景象，你拖着沉重的步子穿行在这死气沉沉的荫翳中，前方仍有三十英里的旅途。另外，除了一家既肮脏又不舒适的客栈，你别指望尽头能提供什么像样的去处。那儿，你只会看见光秃秃的墙壁，潮乎乎的泥土踩实的地面，以及一只炭火盆。于是你极力想凑得近些，好快点烘干身上的衣物。

然后，你不禁想起伦敦那个温馨舒适的房间。户外风雨正疾，猛烈地敲打着窗扇，结果却使屋内的温暖气息显得愈发宜人。你坐在壁炉旁，嘴里衔着根烟斗，把《泰晤士报》从头到尾浏览了一遍。当然，吸引你注意的绝非头条新闻或所谓的主要评论文章，而是用以登载各类声明通知的启事专栏，上面也有许多推销乡村别墅的广告，其开价十分高昂，你肯定一辈子也买不起。（且看如下这则讯息：现出售一幢维护完好的乔治时代[1]住宅，它坐落于奇尔特恩丘陵地区，拥有一百五十英亩[2]私家园林，花圃、果园等处皆面积宽敞，内部保留了原初的木质结构与若干壁炉台架，整套物业共具六间会客室、十四间卧室，以及平时办公用工作室，另附现代卫浴系统、上设包间的马厩和高档车库。距一流高尔夫球场仅三英里。）该文案出自奈特、弗兰克及卢特莱先生合伙开办的房产中介公司[3]，我随即知道，这三位已跻身本人最喜爱的作者行列。针对各地房源的情况，他们总能举重若轻地加以描述，凭借生花妙笔将其打造成蕴含浓厚诗情的栖居之地，并给人们带来一种常住常新的感觉；而且他们的手法也如同最优秀的大师那样，不仅独具特色，同时还富于变化。他们的格调紧凑明快，与汉学家心中孔子习惯的做法颇为相似：此种简洁又隽永的文风，集精确与灵动之长于一体，既坚持可贵的严谨态度，也赋予画面活动的空间，好留有余地让想象力尽情地驰骋。他们对“路德”和“杆”[4]等词语的掌控得心应手，运用时镇定自若，简直就是驾轻就熟，实在令人惊叹；我想我也曾知晓它们的意义，但多年来却一直找不到窍门，无法勘透其中的奥秘。他们怀着鲁德亚德・吉卜林先生的匠心，巧妙地在文章中玩味各种术语，同时也给这些措辞注入W・B.叶芝[5]先生所代表的那份凯尔特民族的魅力。可以说，他们彼此间配合默契，将个性特征联结得非常

1　汉诺威王朝前四位国王乔治一世至四世当政的时期（1714—1830）。

2　1 英亩约等于 40.5 公亩。

3　20 世纪初英国著名房产中介商。

4　路德（rood）是英国的长度和面积单位；杆（perch）是英国的长度单位，等于 16.5 英尺，约等于 5 米。

5　W·B.叶芝（William Butler Yeats，1865—1939），爱尔兰诗人、剧作家和散文家。

紧密，因而我敢肯定，连眼光最为敏锐的批评家，也很难发现任何反映出文笔有别的蛛丝马迹。文学史上不乏两位作家共同执笔的先例，对于激动不已的爱好者来说，他们的脑海中很快便会蹦出博蒙特与弗莱彻[1]、埃克曼-夏特里安[2]、贝赞特与莱斯[3]等诸如此类的名字。年轻时老师曾教导我,《圣经》的作者具有三重性，可是既然高深的考证批评已经将此信念推翻，那么我猜奈特、弗兰克和卢特莱的情况倒显得绝无仅有了。

这时伊丽莎白走进来同我道别，她打扮得非常漂亮，穿着我从中国带给她的白色松鼠皮小外套，这可怜的孩子才不管天气怎么样，必定要出门逛逛方肯罢休；而我干脆先陪她玩会儿开火车的游戏，好让别人把她的婴儿座驾收拾妥当。接着，我当然得找点正经事做，但毕竟天气太糟糕了，我也感觉有些懒散，于是索性把公务抛在脑后，开始阅读翟理斯[4]教授翻译的《庄子》。谈到庄子，刻板的儒学家都会面露不悦之色，因为他是个利己主义者，而中国之所以衰败得可悲可叹，据他们的说法，全应归咎于当今时代的个人主义思潮。不过话虽如此，庄子的书却实属难得的优质读物；其实，雨天最宜翻阅上述著作，无须花太大工夫便可领会其哲理，你时不时对书中某些想法产生共鸣，进而举一反三有了自己的感悟。但这些零零散散的念头，犹如涨潮时层层叠叠的浪花，它们前仆后继，

1　博蒙特（Francis Beaumont, 1584—1653）与弗莱彻（John Fletcher, 1579—1625），两人均为英国诗人、剧作家，多次合写剧本。

2　法国小说家埃克曼（Emile Erckman, 1822—1899）和夏特里安（Alexandre Chatrian, 1826—1890）共用的笔名。

3　贝赞特（Walter Besant, 1836—1901）与莱斯（James Rice, 1843—1882），两人均为英国小说家，曾共同出版多部作品。

4　翟理斯（Herbert A. Giles, 1845—1935），英国著名汉学家、翻译家。

很快就涌入你的意识深处汇聚起来；尽管你渴望悠闲度日，结果还是被迷住了，满脑子都想着要坐到餐桌前，再也无暇顾及耳边老庄的谆谆教诲。至于书桌，那可只适合给初涉文坛的业余人士使用。你运笔如飞，洋洋洒洒写个不停，显得十分游刃有余。你由衷地感到活着真好。随后，两位有趣的客人前来同你共进午餐，等送他们走了，你就顺便去佳士得拍卖行逛逛。那儿你发现几尊明代塑像，却远不及你亲自从中国带回的精美，你又观望了片刻绘画方面的竞价情况，暗自庆幸台上待售的丹青都不是你的收藏。你看看表，确信现在去嘉里克俱乐部[1]就能赶上一局纸牌，而天气这么差，恰巧让你有理由消磨掉下午剩余的时光。你不可待到太晚，因为订了位置要去看某出戏的首演，所以你得回家换衣服，准备早点吃晚餐。你刚好来得及在伊丽莎白睡觉前给她讲个小故事。只见她穿着睡衣，头发梳成两根长辫子，那副模样真是可爱极了。剧院首演向来少不了引人入胜之处，只有见惯了场面的评论家才会觉得无动于衷。你很高兴能遇见朋友，也对观众席内爆发的掌声忍俊不禁，因为那时某位舞台名角正要走下去入座，不料被众人识破了真面目，于是她显出一脸惊喜又尴尬的神情，连幕后演技都精湛灵动至此，着实犹胜台前她在剧中的精彩表现。或许，即将上演的戏剧质量较低，但至少以前尚无人看过，单凭这点优势它就足以令你释怀；况且你总有可能在欣赏之余，收获片刻的感动或会心的笑容。

一队苦力迎面朝你走来，他们头上戴的巨大草帽，同害相思病的小丑皮耶罗的帽子很像，唯独多了道宽阔的边沿；他们驮着大捆

1　伦敦知名俱乐部，毛姆是那里的常客。1954 年，俱乐部专门设宴贺毛姆八十寿辰。

棉花，身体稍微前倾，步调迟缓而笨拙。由于下雨，他们破旧的蓝布衣衫全湿透了，紧紧贴在脊背上，显得非常单薄。堤道上的碎石很滑，你只好深一脚浅一脚地在泥地里择路慢行。

27
沙利文

他是一名爱尔兰籍水手。有一次货轮停泊于香港，他却趁机弃船登岸，此后又忽然头脑发热，下定决心要走遍中国。他花了三年时间在这个国家四处游荡，很快便能讲一口流利的汉语。像他那样出身低微的普通百姓，虽然没读过书，但学起语言来，通常会比受过更高教育之人容易得多。平日里，他全靠耍些小聪明维持生计。每到一处新的市镇，他都特别注意避免同英国领事打交道，而是去找当地县太爷申冤，冠冕堂皇地对其诉苦，说自己如何在路上碰见了匪徒，竟沦落到身无分文的境地。其实，他描述的情况的确时有发生，并非无稽之谈，再加上他事无巨细，把自己的惨状形容得绘声绘色，所以众人听罢皆深信不疑。其演技之高超，恐怕连科斯蒂根上尉[1]这样的骗术大师，也该佩服得五体投地。按照中国人的惯例，县太爷巴不得他赶紧离开，因此很乐意拿出十到十五块银圆，权且充作盘缠好打发他上路。即使无法弄到经济上的补偿，他往往也可以先填饱肚子，接着还能有地方睡觉休息。从某种程度上看，

1　萨克雷小说《潘登尼斯》(*The History of Pendenis*) 中的一酒徒。

他性格粗鄙，又喜欢开玩笑，结果所到之处皆颇受中国人欢迎。就这样，他一路招摇撞骗，采用同样的伎俩却百试百灵，直至阴差阳错地遇见一位脾气迥异的县太爷，此时他才吃了大亏。在获悉其不幸遭遇后，该官员对他说：

“好个流窜的乞丐，简直胆大妄为。今天必须责打你，以示惩戒。”

县太爷一声令下，衙役不由分说，立刻把他拖出去按在地上，然后结结实实地对其抽了好几鞭子。他不仅皮开肉绽异常痛苦，内心深处亦十分惊诧，怎么也不敢相信这是真的，甚至莫名觉得蒙受了奇耻大辱。由于此番打击给精神造成重创，他当即决定不再过漂泊的生活，转而跑去某个偏僻的外港，向海关税务司申请担任口岸监察员。正因为很难找到白人愿意干那种工作，对送上门的应征者更是求之不得，所以相关单位总会在录用时大开绿灯，连调查背景的问询环节也一概能省就省。于是他轻易就上岗了，如今你可以在某座河滨小镇看见这名四十五岁的男子，他皮肤晒得黝黑，脸上胡须刮得精光，面色红润，还相当肥胖；他穿着整洁的蓝色制服，正准备登上汽轮和帆船执行公务；除了他以外，城里仅有代理海关税务司、邮政局局长和一个传教士是欧洲人。他熟悉中国人及其处世之道，便成了本地极为难得的公仆，进而娶了个娇小的中国妻子，接着还养育了四名孩童。至于过去的经历，他倒是毫不避讳，只需喝口上好的烈性威士忌酒，就会把曾经冒险壮游的事迹向你和盘托出。但他永远无法忘记多年前的鞭下之辱。事到如今，他仍旧倍感讶异，无论如何也理解不了到底哪里出了问题。他并不对那位命令手下施暴的县太爷怀恨在心，反倒受其影响而幽默感剧增，认为整件事情就是一出荒唐的闹剧。

“他真是个什么都敢做的老匹夫，十足的老恶棍，”他说道，“不过勇气可嘉，对吧？”

28
餐厅

这是一座豪宅，其中有一处极为宽敞的房间。当初此地大兴土木，全因建筑成本低廉，而且那些富商巨贾，都力图将自家府邸打造得美轮美奂。彼时很容易赚钱，奢侈的生活触手可及。想要发财也绝非难事，如事业成功之人，几乎未及中年就能回到英格兰，在萨里郡买套漂亮房产安度余生，日子照样过得十分精彩。诚然，对某些外来者而言，中国百姓可能不太友好，总会引发点儿骚乱，结果他往往被逼无奈，为保命选择远走高飞，但这只是给他闲适的人生增添了些许刺激；何况即使真有什么危险降临，他也大可放心，一艘炮艇必将及时赶来提供援助或庇护。异国团体侨居于此，基本靠婚姻维持密切联系，其民众皆热衷交际，彼此间铺张饮宴成风。他们举办的晚会盛况空前，大家一起跳舞，接着再玩玩惠斯特纸牌。工作也比较轻松，不时还能抽出几天时间去内地打野鸭。夏日这里确实非常炎热，若干年后谁都会习以为常，但四季中剩下的光景就好过了，气温只是暖和怡人，天际湛蓝满目，到处还弥漫着扑鼻的芬芳，总之生活称得上美好无比。人人行动均有一定自由，他若想和某位眼睛明亮的小个子中国姑娘同居，那么仅需低调行事，避免引起周围女士的注意，就不会受到苛责。等到要结婚时，他便送份厚礼打发她走，如果生了孩子，则全都安排在上海的欧亚学校寄宿。

然而，这种惬意的生活早已成为往事。该港口曾凭输出茶叶繁荣一时，却因市场上味觉需求出现变化——由中国绿茶转向锡兰红茶——而遭到毁灭性打击。三十年来，港口逐渐荒废，苟延残喘至今，仍勉强维持着正常运行。以前领事手下有两名副领事协助办公，可现在他独自就能轻松完成任务。一般来说，他午后会设法打场高尔夫球，还常常忙里偷闲，找人玩局桥牌再回头工作。除了屹立于岸边的高大商行，此地昔日之辉煌皆渺无踪迹，而那些广厦内部也多半人去楼空。由茶叶起家的商贩，留下的屈指可数，他们固守本职，同时又费尽心思，转做各种副业才使收支相抵。但无论怎样努力，终究是回天乏术。港口中每人似乎都垂垂老矣。这里不再适合年轻一辈生存了。

接着我走进房间坐下，仿佛触碰到厚重的历史，我索性品读起来，发现它既属于过去，又与所等之人有关。我坐汽轮沿海航行，两日后抵达这个港口，当时恰逢星期天的上午，他去了教堂未归，所以才同我失之交臂。根据屋内陈设及风格，我努力想构建出他的模样。周围气氛有些沉重，直教人感到惋惜不已。此地处处都壮丽非凡，展示着过去那代人的荣耀，可我能看出来，这种华美外强中干，正是走向衰退的明证；里面虽收拾得十分整洁，但不知为何，却流露出一股穷困潦倒的意味，好像因自惭而更显欲盖弥彰。地板上铺着块巨大的土耳其绒毯，若置于70年代[1]，这肯定是件价

1　指19世纪70年代。

值连城的贵货，不过使用中难免有所磨损，现在它分明已经相当陈旧。红木质地的餐桌非常广阔，其外表被擦得平滑透亮，简直光可鉴人，想当年，不知有多少食客曾围坐左右，尽情享用那无数的珍馐与佳酿。你由眼及心，脑海中不禁浮现茶褐色的陈年波尔图葡萄酒，以及蓄着连鬓胡子、事业兴旺发达的绅士，他们脸涨得通红，正激动地讨论那个江湖骗子迪斯累利[1]的古怪行径。周围墙壁皆呈暗红色泽，给人以肃穆之感，想必很适合用来装饰餐厅；要知道，昔日举办晚宴等大型聚会，所选地点均须以得体庄重为先。此外，墙上还挂满了家族肖像。这里画的应该是房间主人的双亲，一名头顶光溜溜，却满脸灰色胡子的年迈绅士，以及一名容貌阴沉坚定、梳着欧仁妮皇后[2]发型的老太太；那边两幅则属于他的祖父母，前者脖子上缠一条宽沿硬领带，后者就搭配了一顶头巾式女帽。壁橱亦由红木制成，它背部镶嵌镜子，里面充斥着镀金碗碟、全套茶具和许多别的物什，而摆放在餐桌正中央的，竟是一只硕大无朋的分层装饰盘。壁炉架上有口座钟，钟两侧立着一对花瓶，这三者的材质相同，皆为黑色大理石所造，屋内四角各安置了一台展示柜，其中不乏各式各样的镀金器皿。盆栽的棕榈植物随处可见，它们高挑挺拔，展开的硬质枝叶绿意盎然，的确显得气势如虹，蔚为壮观。椅子也是整块整块的红木拼接起来的，不仅铺着夹绒软垫，周围还裹了一层褪色的红皮衬边，另有两只扶手椅分别位于壁炉的左右。

---

1 迪斯累利（Benjamin Disraeli, 1804—1881），英国作家、政治家，托利党（后称保守党）领袖。

2 欧仁妮皇后（Empress Eugenie, 1826—1920），拿破仑三世皇后，普法战争后长期流亡英国。

房间尽管面积较大，却似乎总那么逼仄拥挤，况且每件东西都很破旧，如此便给你留下某种忧郁的愁思。可这些东西仿佛各安天命，兀自悲惨地生活，好像际遇的浪潮终究太过强烈，它们缺少招架之力，遂不再同命运进行抗争，除了随波逐流更别无他求。但它们又胆战心惊，并热切地相互倚靠，似乎隐约觉得只有这样，才能维持自身存在的意义。而我则感到，用不了多久，一切都将尘埃落定。那时，它们都会贴上小小的号码牌，于混乱中变得黯然失色，被随意弃置在拍卖行阴冷的库房里。

29

蜿蜒奇景

看吧，巍峨而令人敬畏的中国长城，正以其磅礴雄姿，默然耸立在雾霭之中。长城是寂寞的，它孤身盘绕起伏，不断登临高峰又降至深谷，像自然一样对什么都无动于衷。长城是威严的，上面有烽火台镇守边关，这些建筑呈四方形，按照适当的距离排列，显得既冷酷又荒凉。长城是残忍的，硬是在望不到边的崇山峻岭间，开辟出一条黝黑的通途，数百万劳工为修建它而丢了性命，那里每块沉重的灰色石料，都沾染着囚徒与流放者的血泪。长城是无畏的，它蜿蜒曲折，连绵不绝，一里格[1]又一里格，孤军深入到亚洲最偏远的腹地，它行踪不定，神秘莫测，宛如卫护至今的宏伟帝国。看吧，巍峨而令人敬畏的中国长城，正以其磅礴雄姿，默然耸立在雾霭之中。

1　长度单位，1 里格约等于 3 英里或 4.83 公里。

30
领事

皮特先生怒火中烧，显然被气得要命。他已在领事这个岗位上干了二十多年，同各种难缠的人物都打过交道，有的官员简直蛮不讲理，有的商贩竟把英国政府当作讨债的机构，而有的传教士则憎恶任何试图一视同仁的做法，坚信会遭受严重的不公待遇；尽管如此，他却从未想起还有什么情况，好似今天那般，使自己陷入了彻底无计可施的境地。皮特素来性格温和，但不知怎的，突然就对书记员大发雷霆，并且险些将手下这位欧亚混血儿开除，至于具体的缘由，恐怕应该怪他打字时三心二意，在拿给领事签字的官方信件里拼错了两个单词。皮特工作总一丝不苟，认真负责，只要钟没敲响四声，他绝对不敢擅离职守，可等到4点刚过，他便猛地站起身，叫侍从取来帽子手杖准备下班。因为当值的男仆手脚稍慢，没有立即把东西递过去，他就非得抓住不放，口无遮拦地痛骂了一顿才走。据说领事们至此上任，久而久之全都变得有点古怪；那些能在中国生活三十五年光景，却连逛街时基本的问路语也不肯学的洋商纷纷表示，外交官必须研习中文，所以逐渐结出了恶果；毫无疑问，皮特先生铁定是个怪人。他尚未娶妻生子，也少有后顾之忧，因而曾陆续被派往许多小城镇执行公务，这一系列的驻地皆较为偏远，自然不适合安排已婚男士前去履职。他独自生活了很长时间，原本就乖张的脾气得到恣意发展，最后甚至一发不可收拾，由此养成的各种怪癖，陌生人见了肯定十分吃惊。他非常容易走神。即使家里总是乱七八糟的，他也能泰然处之；饮食方面亦从不讲究，全凭府上小厮的意志，想给他置办什么吃货都行。另外，他所拥有的各类物品，都经过了下人的层层盘剥。他不遗余力地查禁鸦片走私，但城里只有他尚不知晓，周围的仆从其实把鸦片就藏于领事馆内，而且还公然在大院后门将毒品买卖经营得风生水起。他对收藏的爱好堪称狂热，政府给他提供了一套住房，其中满是他多年来次第收集的各种物件：如白镴及黄铜制品、木雕类的摆设，这些属于他较为大众化的正规追求；同时他也收集邮票、鸟蛋、旅馆标签和邮戳等冷门杂项，他曾夸下海口，宣称自己珍藏的邮戳数量之巨，在大英帝国可谓无与伦比。他离群索居已久，其间阅读了海量的典籍，因此纵然算不上专业的汉学家，可说起有关中国的认识，如其历史、文学与民众，他掌握的情况要比大部分同事全面百倍；然而，博览群书并未教会他宽容之道，结果只不过使他的心境变得愈加自负。他这个人天生外貌清奇，身材既瘦小又羸弱，走起路来更是摇摇晃晃，直教你联想起落叶迎风飞舞的姿态。此外，那顶蒂罗尔小帽[1]也特别古怪，他故意将其潇洒地斜扣在硕大的脑袋旁，侧面还插着一根鸡毛，放眼望去确实非常破旧寒酸。他的头秃得很厉害。你看见他的双眼躲在镜片背后，正微弱地闪着淡蓝色的光，而一丛蓬乱又邋遢的小胡子虽垂在唇边，却掩饰不了他嘴角流露出来

1　奥地利西部蒂罗尔地区男子常用的绿色毡帽。

的怒气。此刻，他穿过领事馆所在的大街，转身径直往城墙的顶部走去，因为只有在那里，他才能避开城内汹涌的人潮，舒舒服服地好好散散步。

他是个非常敬业的人，事无巨细，往往都要操心到底，但经过了忙碌的一天，他照例会去城墙上走走，以便放松身心，收获些许慰藉。这座城市位于某片广袤的平原中央，日落时分你站在城头，十有八九看得清远处覆盖着皑皑白雪的群峰，即所谓的藏地雪山。可如今，只见他步履匆匆，目不斜视，全然失去了左顾右盼的雅兴，而脚边那只胖乎乎的西班牙猎犬，则围着他蹦蹦跳跳，欢闹不休，结果竟没能吸引他的注意。他嘴里念念有词，语速飞快，听起来十分单调低沉。他火冒三丈，皆因当天接待的那名访客。该女士自称余太太，而他作为领事，自然处处务求准确无疑，所以坚持叫她兰伯特小姐。其实，这件事本身就让两人顿感嫌恶，足以伤害彼此间友好的交往了。她是位英国女士，却偏要嫁给中国人为妻，当时男方还在伦敦大学读书，故直到两年前，这对夫妇才双双从英格兰漂洋过海抵达此地；他颇有些手段，三言两语就把老婆哄得团团转，深信自己找了个来自中国的大人物，一路上满脑子只想着即将入住的深宫大院，和与之相配的上流生活。可真相总那么令人猝不及防，她苦涩地发现，原来丈夫带她去的老家无非是幢破败的中式宅邸，其中还挤满了形形色色的房客；屋内连一张像样的西式床铺都没有，更别说她往常惯用的刀叉等餐具了；在兰伯特小姐看来，这里的每件物品都显得又脏又臭。而使她感到无比震惊的，是被告知从今往后要与公公婆婆同住，此外据丈夫的说法，她必须对婆婆言听计从；更有甚者，由于她完全不了解中国的各种习俗，所以回婆家待了两三天才逐渐意识到，自己竟不是那男人唯一的妻子。

早在青少年阶段，他就同别人拜过堂、成了亲，彼时他尚未背井离乡，响应所谓“师夷长技”的口号而求学海外。如今面对洋太太义愤填膺的控诉，他却只是耸耸肩，完全不管那些指责他满嘴谎言的气话。任凭世道变迁，中国男子只要愿意就可以娶两房，这是雷打不动的铁律，旁人均无权干涉；尽管事实并非如此，他倒大言不惭又加上一句，说从没有哪个中国女性，会将其视作什么很难忍受的痛苦。她趁着发现了丈夫重婚的秘密，随即便去找领事告状。这是她首次前往领事馆，皮特先生已经听说了她随丈夫来华的事——在中国，人们彼此间都知根知底，很少有秘密可言——于是见到她时显得毫不吃惊，也没有对她表现出过多的怜悯之意。一个外国女子嫁给谁不行，竟然选择和中国人结婚，该新闻本身就让他胸中充满愤慨，何况她还懵懂无知，连必要的背景调查都没有好好做一下便马上答应，这点无疑令他更加恼火，仿佛自己遭受了恶劣的人身攻击。她远非那种表面光鲜亮丽，实则毫无用处且经常犯傻的花瓶型女子，仅凭外貌特征你绝难把她同自作自受或罪有应得联系在一起。她年纪轻轻，结实健壮，身材虽较矮小，长相也很普通，但做起事来脚踏实地，并无半点浮夸矫饰之风。她衣着朴素，穿着定制的廉价套装，头戴宽大的苏格兰无檐圆帽[1]。她牙齿参差不齐，皮肤暗沉粗糙，一双手又大又红，显然从未得到很好的护理。你看得出来，她应该做惯了繁重的劳役。此外，她说英语时有股土气的伦敦东区腔调。

“你是怎么认识余先生的？”领事冷冰冰地问。

1　19世纪中期苏格兰农夫所戴之便帽，现俗称苏格兰圆帽。

“嗯，你看，事情是这样的，”她答道，“以前爸爸的工作待遇十分优厚，他过世后，母亲说：‘唉，真不像样子，让这些房间都空着简直太浪费，我要去窗台边贴一张广告牌。’”

领事打断了她的话。

“他寄宿在你们家？”

“唔，出租房间不完全算是寄宿吧。”她说。

“那么我们换个说法，称其为公寓租赁如何？”领事微微一笑，有些自负地回答。

这些跨国婚姻通常都可套用上面那番说辞来解释。接着，因为领事认定她很愚昧粗鄙，于是干脆直截了当地做了说明：根据英国的律法，她还没有嫁给余家男人，所以就目前她能做的事而言，唯有赶紧返回英格兰方为上策。此后她开始哭了起来，见此情景，他不禁有些心软。他答应把她托付给某些准备回国的女传教士，要她们在漫长的旅途中对她多加照料，而且只要她愿意，在等待起航的这段时间里，他甚至能找个教会安排她暂住。但听他一边说着，兰伯特小姐三两下就擦干了眼泪。

“回英格兰有什么好处呢？”她终于开口，“我没有地方可去呀。”

“你可以回你母亲那儿。”

“她当初怎么也不同意我嫁给余先生。要是现在回去，她肯定会没完没了地把我骂个痛快。”

领事开始和她争论，摆出一堆道理企图说服对方，谁知说得越多，她反而越固执，渐渐地，他按捺不住，终于发脾气了。

“倘若你想留在这里，跟某位不是你丈夫的男人一起生活，那是你自作自受，可我丑话说在前面，以后无论出什么事本人概不负责。”

她反唇相讥，口中蹦出的语句总让他感到愤恨。

“既然如此，那你就别多管闲事瞎操心了。”她说，结果他遂耿耿于怀，每每念及这名女子，脑海中定会浮现当时她脸上的那副表情。

这段插曲发生在两年前，自那以后，他又见过她一两次。看来她同婆婆及丈夫的另一房相处得很不融洽，她还再次找领事咨询，净问些荒唐可笑的问题，说什么按照中国法律，她能享受多少权利云云。他反复重申最初的提议，坚持叫她回国，可她始终冥顽不灵，拒绝离开此地，于是乎他俩的会面总以领事勃然大怒而告终。他几乎就要怜悯起那姓余的负心汉，真难为他夹在三个争风吃醋的女人中间，即使左右碰壁，也竭力维持着短暂的和平。据其英国太太的描述，该男子对她倒并非刻薄，凡事若与两房妻妾相关，他处处都尽量做到公正无私。兰伯特小姐却不懂见好就收，依然我行我素，甚至还有些得寸进尺。领事知晓她平日里入乡随俗，衣着打扮均和中国人无异，唯独来见他时才换上欧式的裙装。她早已变了副嘴脸，浑身皆极为邋遢颓丧。她的健康因水土异常，无法消化中国饮食而每况愈下，如今她貌似快病入膏肓了。别家的隐私本不该外扬，对此连领事先生也爱莫能助，可那天当她又出现在办公室，他确实感到十分震惊。她没戴帽子，头发乱糟糟的，俨然处于某种高度歇斯底里的状态。

“他们想毒死我。”她叫嚷道，随即将一只散发着臭味、不知装有什么食物的碗放在他跟前。“里面有毒，”她说，“过去十天我一直都病恹恹的，眼下终于逃出险境，这简直就是奇迹。”

接着她绘声绘色地给他讲了个长长的故事，其中不乏各种合理逼真的细节，加起来足以令他相信，毕竟中国女人十有八九会采取惯用手法，好除掉恶意入侵她们生活的外来者。

“她们知道你到这儿来了吗？”

“当然。我亲口告诉她们的，我要让她们身败名裂。”

现在终于到了亟须果断行动的当口。领事目光炯炯，异常郑重地望着她。

“好吧,你千万别再回去。我受够了你的胡言乱语。你要听我的，务必离开这个不是你丈夫的男人。”

然而，面对该名女子不可理喻的顽固态度，他发现自己根本就无计可施。此前那些讲烂了的道理，他又耐着性子全都再三复述，但她仍旧当作耳旁风，于是他像往常一样发起火来。最后他用绝望的口吻质疑，她于回应之际，随意说出的只言片语，竟完全使他阵脚大乱，濒临精神崩溃的险境。

“不过你到底因为什么，偏要和他在一起呢？”他大声问。

她沉吟片刻，双眼突然闪现某种怪异的神采。

“他额上的发型真好看，我没法不喜欢。”她答道。

领事仓皇失措，如此过分的理由简直闻所未闻。可以说，这算是十足的最后一击。此刻，他为消除心中怒火，正迈开步子沿着城墙走个不停；尽管他很少说粗话，可只要想起那句回答，顿时便失去了理智；他实在无力控制自己，陡然间咬牙切齿地骂道：

“这个女人根本就该死。”

31
小伙子

他一路沿堤道行走，脚步轻盈，充满了自信。他年方十七，体态修长，皮肤泛黄且光滑细腻，脸颊胡须很少，故尚未学会使用剃刀。他的双眼，尽管稍显斜视，却睁得硕大浑圆，嘴唇也丰盈红润，还微微张开，露出几分笑意。总之，他乐观积极，又敢作敢当，举手投足皆洋溢着青春活力。他那只小圆帽时髦地扣在头顶，黑色的长衫系于腰间，而下身所穿的裤子，照理本应扎紧贴住踝骨，此刻则朝上卷到了膝盖弯。他足底空空，只踏着单薄透风的草鞋，绳索绑牢固定在并不宽阔的脚背，勾勒出它们匀称美观的曲线。从清晨时起，他便顺着这条铺好的堤道独自前进，该路段蜿蜒曲折，先层层环绕直抵山冈，再穿过无数稻田，盘旋往复降至溪谷，沿途既有堆满坟茔的墓地，也不乏忙忙碌碌的村庄，到那儿后他停下来休息了片刻，或许向某个漂亮的姑娘投去赞赏的目光，她身穿一套蓝布衣裤，裤腿很短，正痴痴地倚坐在敞开的大门边（不过照我说，他那短暂的注视实属无心，岂料已触动对方深藏的爱意）。如今旅程即将接近尾声，他很快就要抵达终点，一座他矢志前往、指望能发家致富的城镇。该市位于某片肥沃的平原中央，周围修筑着带有雉堞的土墙，当他发现了目的地，便果断迈开步子，雄赳赳气昂昂地朝前走去。显然，他对自己的力量颇感自豪。他的全部物什，都已打包收拾稳妥，塞进了搭在肩头的那只蓝色棉布袋里。

想当年，迪克·惠廷顿[1]离家闯荡世界，一心想盈千生利，立万扬名，幸好有只猫常伴他左右，给孤寂的光景增添不少慰藉；而这位中国小伙则随身带了个栏杆描红的圆形笼子，只见他轻移食指和拇指，将其异常优雅地拎在手中，里面原来是一羽美丽的绿色鹦哥。

1　迪克·惠廷顿（Dick Whittington），英国童话剧中的人物，常与猫相伴。其原型是理查德·惠廷顿（Richard Whittington，1350—1423），英国商人，曾三度出任伦敦市长。

32
范宁夫妇

他们住在低矮的山丘顶部，房屋呈四方形，临江而建且用材考究，周围环绕着开放的走廊，其下靠右侧不远处，另有一幢精致的方形宅邸，即当地海关大楼；范宁是海关税务司，所以天天需要去那儿工作。城市位于五英里之外，荒烟蔓草的河岸边，独剩一座小小的村庄，乡民们聚居此地，专为过往帆船上的水手提供些急需的设备或食物。城内生活着若干传教士，但碰见的几率渺茫，村子里除了范宁全家，只有两名港口监察官是外国人。其中一位曾担任海员，想必本领颇高；另一位则来自意大利，他们都娶了中国女子为妻。每逢圣诞节及国王寿辰，范宁夫妇就邀请他们共进午餐；不过除去这点，平常双方的关系仅限纯粹的公务交流而已。汽轮最多在码头前停留半小时，因此他们从未同船上唯一的白人——船长或轮机长——打过照面，何况该路段河床较浅，水位偏低，一年中倒有五个月不适合汽轮通航。说也奇怪，正是在这段枯水期间，他们发觉外国人竟接踵而至，数量简直十分可观；原来不时会出现某个旅行者、商贩，又或许为领事馆的职员，但更多情况下是传教士，他乘坐平底帆船，欲赶往上游什么目的地，沿途恰好选择泊宿在这里；海关收到了消息，赶忙降阶相迎，亲自去江畔请客人赴宴。可见他们的日子，委实过得无比孤单。

范宁是个身材矮小、体格健壮的男子汉，尽管头顶严重脱发，鼻梁还有些塌，嘴上却留着一丛乌黑浓密的胡须。他做事尤其严苛，不仅疾言厉色，还容易步步紧逼，总喜欢摆出副嚣张跋扈的架势；而且只要同中国人说话，他便会下意识地提高自己的声调，非得用刺耳的口吻发号施令不可。他身边有群“小听差”服侍左右，倘若谁敢懈怠偷懒惹其不悦，他固然汉语很流利，也要用英语劈头盖脸把罪魁祸首痛骂一顿。他往往给你留下极难相处的印象，到最后你却发现，此人粗暴蛮横的态度，其实无非是层盔甲，他全靠这番伪装，才得以掩饰心中痛苦的胆怯。在他看来，培养志趣能克服性格上的缺陷。通过赋予行动某种生硬冷酷的作风，他几乎荒谬地想让所有与之接触过的人相信，自己对他们并无惧意。你不禁认为，他由于受重视而表现出的讶异与欣喜，肯定要比任何旁观者的情绪强烈得多。他犹如那些奇形怪状的小小人偶，可以被孩子们像气球一样吹起来，据此你又想到，他应该随时都在担惊受怕，因为膨胀导致爆裂，结果不免使真相大白天下：他就是个空洞的皮囊罢了。他的太太倒懂得未雨绸缪，常常尽力劝勉抚慰，提醒他保持钢铁般的精神；每每等他闹过一通脾气，她便会对丈夫说：

“你知道，你大发雷霆时可把我吓坏了。”或者“我想我最好同那孩子说点什么，你训斥的话直教他抖个不停。”

听到这里，范宁宽容地笑了，他不顾自我膨胀的危险，又开始洋洋得意起来。当有客人拜访时，她就如是说：

“中国人害怕我丈夫，但另一方面，他们无疑也很尊敬他。他们明白，跟他耍花招没有什么好处。”

“嗯，我理应清楚该怎样对付他们，”他皱紧眉头接过妻子的话，

“我在这个国家已经待了二十多年。”

范宁太太是个相貌平平的小妇人，皮肤干瘪得像只酸果，鼻子较大，还有一口坏牙。她不太注意仪表，看上去往往很邋遢，略显花白的发丝从早到晚总那样随意拢着，仿佛立马就会四散而落。言谈间，她动辄取出若干簪子，开始漫不经心地整理双鬓；只见她左拍拍，右抖抖，接着连镜子也懒得照，三两下就把几缕稀疏的碎发松垮垮地固定好了。她青睐鲜艳的色彩，所穿服饰皆颇为新奇，那是她和裁缝阿妈分工协作，照着时尚杂志中的图样拼凑出来的；可惜她着装时根本弄不懂搭配，没法使各类材料相得益彰，结果于旁观者眼里，她活像某位刚遭遇过船难的女子，仿佛获救后别无选择，只好将能找到的零碎衣物，一股脑儿全都穿在身上。她堪称漫画主角的翻版，你看了定会忍不住发笑。除去那副柔和悦耳、极富韵律的好嗓子外，她再无任何别的妩媚之处，而她说话时还习惯稍稍拖长声调，以致谁也搞不清楚如此口音究竟来自英格兰的哪块地方。范宁夫妇有两个儿子，大的已九岁，小的刚满七岁，兄弟二人连同父母双亲，遂组成了这个孤寂的四口之家。男孩均十分可爱，言语间既情深意切，举止亦尽显天真无邪，故像范宁那样和睦的家庭，的确令我眼前一亮且倍感欣喜。他们依偎着谈天说地，常开些小小的玩笑，惹得大家欢声雷动，笑语盈盈，他们也互相捉弄打闹，个个宛如未及十岁的稚童，浑身充满了乐此不疲的干劲。虽然他们每时每刻皆如影随形，可看起来却着实像从没感觉腻味似的，甚至难以忍受对方离开自己的视线，结果每天当范宁去办公室时，孩子们几乎都依依不舍，等到他下班回家，他们又兴高采烈地迎上前去。面对父亲粗哑的咆哮，他们简直一点也不害怕。

很快你就会发现，维持这种和谐关系的重中之重，其实取决于那位衣着古怪、外表丑陋的小妇人；该家庭始终能紧密团结，绝非因为外在机遇，更遑论内部成员特别好相处的性格，而是全凭她胸中喷薄洋溢的柔情所致。从她清晨醒来的那刻开始，直至夜晚上床睡觉，她满脑子只考虑一件事情，即如何让需要其照料的三名男性感到康宁。她飞快地思前想后，整天都孜孜不倦，专为谋求他们的福祉。据我看，她头顶尽管乱糟糟的，里面却从未闪过一丝关于自己的主张。她心怀众生，这样与平民迥异的态度实属难得，可算是个无私奉献的奇迹。她没对任何人说过一句重话。她还非常好客，是她叫丈夫下山去到船边，请来访的旅行者登门吃饭。然而我倒觉得，她此番举措并非为了其本身的缘故。她实则深谙独处之道，乐于享受清静的生活，不过同时也坚信，丈夫更愿意和陌生人聊上几句。

"我不想他陷入俗套，过千篇一律的生活，"她说，"我那苦命的丈夫，他好怀念以前打台球、玩桥牌的时光。男人要是除去女人，竟找不到别的伙伴说说话，这种日子对他而言就太难熬了。"

每天傍晚，等把小孩都打发回床上睡觉后，他们便开始玩皮克牌[1]。她这个可怜又可敬的女子，向来在牌戏方面缺乏头脑，因此难免会频频犯错，而当丈夫忍不住呵斥她时，她却说：

"你不能指望人人都像你一样聪明啊。"

她言语凿凿，讲的话皆发自肺腑，所以他心中怒火顿消，怎么也无法再朝她乱发脾气。没过多久，海关税务司已厌倦了总赢她的牌，于是他们打开留声机，并肩坐在一起，静静聆听伦敦音乐喜剧的最新曲目。你说不定会嗤之以鼻。他们住的地方与英格兰相隔万

1　一种供两人玩的纸牌游戏。

里，而那些熟悉的旋律，分明就是将他们同深爱的故乡联结的唯一纽带：只要歌声萦绕耳边，他们遂感到还未彻底脱离文明世界。范宁夫妇沉醉其中，随后又谈论起将来，等孩子长大了该拿他们怎么办；很快就要到送两兄弟回国读书的时候，这小妇人念及此，或许有一阵剧痛，正猛地划过她平和的胸口。

“伯蒂，孩子们一走，你肯定会很难过，”她说，“但那时我们也许可以搬到别的地方住，找个附近有俱乐部的城市，这样你晚上就能去玩桥牌了。”

33
大河之歌

沿河上下，你处处能听见高亢浑厚的号声，原来船工口里正吆喝不绝，他们将桅杆放倒，牢牢系在旁边，同时奋力划桨，借助水势推动舢板前进。由于两股力量的相互作用，那只平底帆船尾部突起，随即一头扎向奔腾的激流中。而更扣人心弦的曲调，其实来自两岸的纤夫，他们迎向浪潮，拼命地拖着船跋涉，倘若后面是条乌篷小舟，或许五六个帮工便已足够，但如果想把某艘华丽的游艇拉过险滩，除需张开横帆外，则非得雇用好几百人不可。有位汉子立于甲板中央，他挥舞臂膀，无休止地擂响巨鼓，那阵阵轰鸣颇具节奏，众纤夫遂以此为信，共同使劲拽住绳索，只见他们低头弓腰，仿佛着魔似的，显然已竭尽全力；有时躯体绷紧到了极致，他们甚至手脚并用，贴近地面，像林间野兽般爬行起来。他们又拉又拽，动作无比猛烈，欲同无情的激流相抗争。监管的首领常常顺着队伍巡视，只要发现有人懈怠偷懒，就会用顶端分叉的竹鞭抽打他裸露的脊梁。每人都必须使出吃奶的劲头，不然所有的努力终将化为泡影。尽管如此，他们的叫喊依旧慷慨热切，那是搏击汹涌波涛的战歌。我不知究竟该怎样遣词造句，才描述得清楚其蕴含于内的艰辛。大家奔走呼号，借以表达心底紧张的情绪，展现周身劳损的肌肉，同时也抒发人类顽强不屈、势必克服自然之严酷威吓的精神。就算纤绳容易断裂，高耸的船只不时摇晃退缩，可最终还是助它顺利跨越了险滩；况且等到整日的重活结束，他们定会有顿丰盛的菜肴，饭后或许再来几管鸦片烟，很快便能舒适地进入梦乡。然而，最痛彻心扉的歌声要数苦力唱响的号子，他们从帆船卸下大捆货物，接着又攀登陡峭的阶梯，一路将其扛到城墙跟前。他们往返穿梭于层层石台间，不停重复这异常费劲的苦役，随之而来的是此起彼伏、富于节奏的无尽悲鸣：嘿，哟——啊，嗬。他们都赤着脚，腰部以上亦脱得精光。他们汗流满面，喉咙中发出痛苦的呻吟。好比绝望的叹息，或者撕心裂肺的呐喊，听上去简直与人声相去甚远；俨然是久经磨难的灵魂在恸哭，唯独多了些韵律；而末尾那个音符，则分明象征人性极沉痛的啜泣。生活太难熬，也太残酷了，多少民众孤注一掷地不断呼喊，无非想做最后的抗议。这就是大河之歌。

34
海市蜃楼

他个子颇高，天蓝色的双眼有些鼓胀，总是一副局促窘迫的神态。他貌似骨架稍显庞大，结果把身上皮肤绷得太紧，你不禁觉得若能让其松弛几分，他定会感到舒服许多。他发质十分柔顺，而且极易卷曲，故常牢牢贴住头顶，这就给人以某种戴了假发的印象，于是你几乎手痒难耐，只想将它拉扯下来。他还没掌握闲聊的窍门，交谈中硬要四处搜寻话题，往往绞尽脑汁却成效甚微，最后他实在无计可施，唯有拼命请你喝加苏打水的威士忌酒。

他是英美烟草公司派驻于此的负责人，平时生活的地方可谓集办公室、库房和居所于一体。那客厅昏暗又陈旧，里面沿墙壁附近，整齐地摆着一套带软垫的破败家具，中央则放置一张圆桌。悬挂的燃气灯亮度不足，屋内光景遂更添惨淡之色，另依稀可见有个煤油炉，正兀自散发出融融暖意。周围墙上，恰到好处地点缀了若干装裱华丽的石印版画，这些作品都剪自美国期刊发行的圣诞特辑。但他并不喜欢来此处逗留，反倒愿意回卧室去打发闲暇的日子。以前在美国，他总选择入住寄宿公寓，那儿凡事皆须共享，仅剩自己小小的客房，才算他所拥有的私密空间，久而久之，他便养成了以斗室为家的习惯。他无法安坐客厅休息娱乐，似乎此举会让他扭捏失态；即使独守空宅也不脱外套，还要穿着衬衫，方能感觉舒适自然。他把账簿及个人文件保存在卧室，那里有一张书桌和一把摇椅。

他已在中国待了五年，却仍不懂半句汉语，对当地百姓更是缺乏兴趣，尽管他这辈子最美好的岁月，很可能都将用来同他们打交道。至于生意上的种种交涉，他全靠翻译居中调停，家里杂务则托给机灵的小厮代为料理。有时他需要套几辆中式大车，或者干脆骑一匹矮脚快马，远赴蒙古国出差；该国不仅人烟稀少，而且地势起伏，简直就是位于数百英里开外的蛮荒之域。他白天长途跋涉，夜晚通常去道旁的客栈歇脚，这类场所往往人多嘴杂，三教九流无所不包，既汇集着贩夫走卒与牧民士兵，也总能遇见聚啸山野的恶棍狂徒。如此土地上，众乡民皆性情顽烈，态度亦十分强横，因而各处暴动起义频发；若他只顾埋头赶路，偏偏碰巧经过附近，那真可谓以身犯险，危在旦夕。但俗话说得好，舍不得孩子套不着狼，为了做买卖，这些纯粹是必须付出的代价，他难免望而生厌，以致每次回到公司那间熟悉的卧室，他都不禁满怀欣喜，因为终于又能手不释卷。他极爱读书，却只看得进美国杂志，但逢一批海外邮件抵达，定有他要求寄送的各类刊物，而且数量惊人，总是大包小包满满当当。等他翻阅完毕，竟没办法将其统统丢弃，屋前屋后随即层层叠叠堆积了不少。他居留的市镇堪称蒙古通往中国的关口，那里生活着形形色色的中国人，城门下一直有蒙古的骆驼商队往返穿梭；无数牛车从遥远的亚洲内陆运来皮料，它们首尾相接，热闹欢腾，如长蛇阵般隆隆驶过拥挤的街巷。他难忍胸中烦闷，殊不知自己当前饱受煎熬的人生，其实遍布难得的奇遇，假使他肯伸手，就能抓住机会开启一段冒险之旅。很遗憾，他尚未识破个中奥妙，反倒单单对书本描写心驰神往；他无视身边真正的异域风情，津津有味地随杂志上连载的故事，想象英雄好汉在美国得克萨斯及内华达州逞强斗狠，或者被困南太平洋的间谍于千钧一发之际逃离生天，他逐渐感到体内血脉偾张，读罢久久不能平静。

35
陌生人

在酷热难耐的暑天，出城小住些时日是惬意的选择。传教士乘汽艇驶离码头，悠然间已顺流而下，不知漂往何方，甫一登岸，他就走向江边恭候的滑竿，兀自舒舒服服地坐了进去。轿夫抬起他，穿过枕水而居的村舍，接着便开始爬坡。这段旅程需耗费个把钟点，沿途道路尽是宽石板砌好的台阶，周遭则杉枞密布，蔚然成林，你偶尔还能欣喜地瞥见大河的踪影，太阳凌空普照，滚滚波涛反射出细碎的金光，掩映于青翠欲滴的稻田中，显得分外耀眼夺目。轿夫步伐矫健，轻盈且蕴含节奏，椅子在肩头微微摇摆，他们背部随即闪现一层晶亮的汗珠。这方丘陵地带颇为神圣，顶端修建了佛教庙宇，通往彼处的山径两旁，搭着几间供人歇脚的棚屋；众苦力至此遂请客官落轿，自己也趁机休息片刻，有位灰袍和尚迎接你入内，并递来一杯馥郁的茉莉花茶。你转而幽香满手，清新甜美的气息顿时弥漫左右。滑竿如摇椅般晃动，直教人浑身倍感舒畅，像这样懒散的郊游，确实堪比赏心乐事。此前因故返城，整天都逗留那里，如今想来几乎是不虚此行了。何况他走走停停，一路赏玩，待到尽处即抵达消夏用的单层小屋，他将其收拾得十分整洁，不多时就能在渐浓夜色中，枕着草木的芬芳沉沉睡去。实际上，当天运来了新的邮包，他于是决定进城取信件和刊物，结果有四期《星期六晚邮报》[1]与四期《文学文摘》[2]。眼下他只盼望做些快活事情，譬如读书看报等，而某种普遍的安宁（正像他常讲的，所谓“凡人皆无法理解的平静”[3]），此刻早该充满他的胸臆，因为每逢他远离城市喧嚣，置身这片浓绿的林海，那份安宁就会变得触手可及。

岂料他心烦意乱，怎么也静不下来。那天他真是走了霉运，碰巧遇到个极其讨厌的家伙，事情虽无足轻重，但毕竟使他难以抛诸脑后，置若罔闻。为此他面带愠色，显然有些耿耿于怀。他清瘦的脸庞十分敏感，表情庄严肃穆，简直如同苦行僧一般，五官则颇为匀称，眼眸里闪烁着智慧的光彩。他个头很高，体格却太过单薄，双腿修长而纤细，好似蚱蜢弯曲的后肢。当苦力抬起滑竿继续前行时，他照样宽坐椅中，大半截身子搭在外围，任由其伴随着轿夫的步伐，忽左忽右地震颤舞荡。见此情景，你多半要浮想联翩，他略微怪异的姿态，看上去活像一朵凋零的百合。他心地善良、举止温柔，恐怕连苍蝇都不肯动手加害。

城内街巷纵横交错，在那儿某处，他无意间与桑德斯大夫相会了。该医生五短身材，灰白头发，鼻梁又扁又平，但皮肤依旧润泽。这些特质汇聚共存，仿佛没来由地，竟赋予他一种粗鲁放肆的神色。他双唇肥厚，嘴巴也很宽阔，故颇有几分耽于肉欲的感觉，而且他经常乐呵呵的，但凡放声大笑，便会露出满口发黄的蛀牙；

1　美国费城出版的周刊。

2　美国纽约出版的周刊。

3　语出《圣经·新约》之“腓立比书”。

同时，他小小的蓝眼睛还奇怪地眯成两条细缝，如此一来，就更容易留下糟糕的印象，直教人认为他图谋不轨，俨然就是恶意的化身。他志趣低俗，喜好追求美色，以致犹如森林之神[1]般，沾染上了些许淫邪的气息。做事时他倒风风火火，却总不按常理出牌，最后往往落得意外的结局。他迈着轻快的步子，整日东奔西走，似乎永远都那么匆忙迅速。他住在主城区附近，混迹于中国居民当中，靠治病救人养活自己。作为医生，他没去本地卫生所注册，可还真有好事者仔细调查过，发现他其实资格俱全，唯独丧失了正规的职务；至于他缘何会被辞退，究竟是与刑事案件相关，还是纯粹因为专业技能欠佳，则谁也不知道答案；同样扑朔迷离的问题在于，他又是怎么误打误撞来到东方，接着辗转各地，最终才在中国沿海地带定居的。但有一点很清楚，桑德斯医生非常聪明，只略施几手高招，就让中国人对他寄予厚望。他避免同外国侨胞接触，于是流言蜚语开始四处蔓延，细听简直匪夷所思，无论如何也挥之不去。认识他的人很多，路上偶遇都会打声招呼，然而没人请他到屋里坐坐，大伙也不去他家登门拜访。

那天下午他俩见面时，桑德斯医生喊道：

“这季节热得要命，什么风竟把你吹进城啦？”

“手头急事，得赶紧办，不能再拖了，”传教士回答，“况且我还想取邮件。”

“几天前，有个陌生人来这儿找你。”医生说。

“找我？”传教士提高声调，颇为吃惊。

1　古罗马神话中半人半羊的农牧或森林之神。因其性欲极强、纵情声色，故亦可用于描述那种生活放荡的登徒浪子。

"唔，不是专门找你，"医生赶忙解释，"他想知道美国传教团怎么走。我就指了条路线。但我告诉他，那里现在空荡荡的，根本找不着人。他听后似乎大惊失色，我难拂其志，便对他吐露实情，说从 5 月起，你们纷纷前往山中避暑，要待到 9 月才回来。"

"难道是外国人？"传教士问，同时仍暗暗寻思，这个陌生的访客，究竟是何方神圣。

"哦，没错，我敢肯定。"医生目光狡黠，故意闪烁其词，"接着他又向我打听别的传教机构，我告诉他，伦敦派出的使团在这儿有布道所，但过去拜访亦无任何用处，因为按照惯例，传教士全都进山度夏了。毕竟城里气温太高，实在热得难以忍受。'那我想找所教会学校看看。'陌生人说。'哎呀，暑假休学，估计没开门。'我表示。'好吧，那我就去医院。''绝对值得你跑一趟，'我说，'美国医院设施完善，各种最新装备应有尽有。他们的手术室环境极为优越。''你知道主管医生叫什么名字吗？''哦，他也在山上。''可是，病人该怎么办？''5 月至 9 月没多少病人，'我说，'要有的话，他们别无选择，只好去本地医馆，暂且让开药的郎中诊治。'"

讲到这里，桑德斯医生停顿了一下。看来传教士有点儿摸不着头脑。

"然后呢？"他说。

"陌生人迟疑地看了我几眼。'我本想在离开前四处逛逛，参观传教团等机构，以便了解它们的运作。'他说。'你可以试试罗马天主教徒的布道所，'我说，'他们长年驻扎在这里。''那他们何时度假呢？'他问道。'他们从不休息。'我回答。他听罢转身便走。我想他应该去了西班牙人创办的女修道院。"

如此，传教士遂陷入圈套之中。想起当时竟毫无防备，他就痛心疾首，对自己愤恨不已。他本该料到接下来会发生些什么。

“这人到底是谁啊？”他不假思索地问，几乎脱口而出。

“我问过他的名字，”医生说，“‘哦，我叫基督。’他回答。”

传教士耸耸肩，装作若无其事的样子，猛然要黄包车夫快点赶路。

这件事太不讲理，他恼羞成怒，往日的好心情彻底消失了。5月至9月乃当地高温时节，他们当然要去别处避暑。城内热浪滚滚，根本没法开展任何有意义的活动，况且以往的经验表明，传教士若蛰居深山，熬过盛夏那几个月，就更容易维持自身健康与活力。传教士病恹恹的，则只是累赘，往往徒增旁人负担。安排他们进山疗养，纯属可实施性的政治手段，此外还有人发现，留出一年中部分时间，用于休息和娱乐，反而能更高效地践行主的事业。话又说回来，拿罗马天主教徒做对比，实在很难称得上公允。这些神选子民终身不婚，完全没有家庭顾虑。其实，他们每年的病死数高得可怕。唉，就在那座城市，十年前还有十四名修女来华传教，如今仅剩三人，余者皆早已客死异乡。他们绝不外出，就待在城里度夏，人人都十分轻松自如，因为常年居住市区的话，更方便开展各项工作。他们了无牵挂，也不必对亲属负责。哦，硬将罗马天主教徒推入无谓的纷争，这简直蛮不讲理。

可传教士灵机一动，顿时有了主意。最令他耿耿于怀的，莫过于未及考虑如何驳斥，到头来竟什么话也没说，就丢下这名无赖的医生，匆匆忙忙走为上策（你只需看看他那脸颊堆笑的丑态，便知此人存心不良，是个十足的恶棍）。他当然能给予回应，让医生哑口无言，不过彼时思绪尚待整理罢了；而今某句绝佳的答复，仿佛在脑海中呼之欲出。他随即容光焕发，得意扬扬，几乎相信自己并非事后聪明，而是早已反唇相讥，同医生争辩过似的。他满足地来回搓动瘦削修长的手掌，回味着如此妙语所蕴含的压倒性力量。“我亲爱的先生，”他本该像这样回答，“要知道我主仁慈，虽历经磨难，遍传福音，却从没声称自己是基督。”若听见上述轻描淡写的话，桑德斯大夫肯定会瞠目结舌，拿他毫无办法。传教士推敲再三，念念有词，遂把满腔仇怨忘得一干二净。

36
民主精神

是夜寒意凝重，我吃过晚饭，便坐下休息，紧靠一盆炭火取暖，随身小厮则忙个不停，很快就替我把床铺整理妥当。旁边屋子里，多数苦力早已安歇，隔着薄木拼接的墙壁，我听见还有几人尚未睡着，正闲聊些什么趣事。约莫一小时前，另一批旅客也抵达此地，订光了小客栈剩余的房间。室外忽然吵吵嚷嚷，我站起开门，左右张望，发现庭院内新增三台轿子。它们缓缓移动，最后竟都停在我对面，为首的那顶布帘卷高，从中走出一名大腹便便的中国人。他气宇轩昂，头戴方形皮帽，身穿黑绸长袍，其上织印暗花，并镶嵌松鼠毛料充作内衬。注意到我立于主客房门口，他似乎显得万分惊讶，继而转向店主，用威严的语气表明身份及意图。看来他是位官老爷，因我占据了这里最好的住处，于是倍感恼怒。店主告诉他，其实还有一间空房，不过面积较小，床板皆沿墙脚堆放，仅胡乱铺了层干草，所以通常只让苦力留宿。听完此番说法，他当场就火冒三丈，情况顿时像炸开了锅，变得无比喧嚣嘈杂。官老爷振振有词，激动地斥责店主实在放肆，胆敢公然侮辱自己，他的两位随从及脚夫也骂骂咧咧，凑过去大声附和；而店主和仆役则赶忙劝解，赔着笑脸恳求他息怒，同时亦不忘加以申辩。谁知这人愈发嚣张，开始恶语相向，甚至威胁要给他们好看。有那么几分钟时间，原本清幽沉寂的院子，倒传出了阵阵气急败坏的咆哮，争吵虽转瞬即至，可往往总在眨眼工夫，便消失无踪，于是这场闹剧迅速平息了，官老爷只能勉强去空房对付一宿。某个脏兮兮的仆役端来一壶热水，接着没过多久，店主又送上几大碗热气腾腾的米饭。至此，万物遂复归安宁祥和之境。

一小时后，我推门走下天井，伸伸腿活动了五六分钟，准备回房睡觉。环顾四周，我发现之前的肥胖官员也在户外，未免感觉有点吃惊。方才他还神气活现地刁难店主，满脸妄自尊大的表情，如今却跑到客栈前院，亲亲热热地不分彼此，同那些衣衫褴褛的苦力围坐一桌。他们随意闲聊，官老爷间或停住话头，静静地抽几口水烟，总之关系十分融洽。起初他蛮横无理，把事情越弄越糟，如此只是为了彰显身份，给自己发火找个理由，可一旦目的达成，他便心满意足，生出想沟通对话的愿望，他也不再强调社会阶层的差异，结果跟任何苦力都混得很熟。这时候，他态度极其恳切，没有一丝屈尊俯就的样子。苦力欣然与之攀谈，前提在于二者完全平等。要我说，上述场景甚是动人，简直堪称真正的民主。东方世界里宣扬的众生平等，远非欧美社会所能理解。东方人相信，地位及财富确实会导致尊卑有别，然而该类区分纯属偶然，并不妨碍正常的人际交往。

我思索万千，躺在床上扪心自问，为何专制盛行的东方，男女老少皆对平等主义推崇备至，且此观念影响之深远，犹胜崇尚自由与民主的西方？我绞尽脑汁，却想不到合理的解释，最后被迫得出结论：应该去污水池中寻找答案。这么做的原因在于，西方人是靠嗅觉来判定彼此的。工人是社会的主人，总用严厉手段统治我们，可谁也无法否认，他们身上散发着臭味：不过也难怪，要知道工厂铃响前必须赶去上班，所以清晨急匆匆地泡澡远非乐事，何况繁重的苦役下大家绝不会变得喷香扑鼻；此外，妻子每周都得洗海量物品，她唇尖舌利，牢骚满腹，你意欲减轻其负担，只好尽量避免勤换衣裤。劳动者都臭汗淋漓，嗅觉灵敏的人很难与之进行社交，这是铁打的事实，但我无法责备他们。同出身、金钱和教育相比，借助早起沐浴的习惯，似乎能更有效地划分阶级。那些从穷困潦倒的劳工当中走出来的小说家，往往会对“爱干净、常洗澡”等属性加以引申，使之成为阶级歧视的标志，了解到这点十分重要，某位当代作家德高望重，他笔下许多故事皆妙趣横生，里面描述的反派互不相同，却无一例外具有鲜明的特征，即每日午前都要洗澡。而这时的中国人常常生活在难闻的气味中，他们的嗅觉变得不那么敏锐，闻不出令欧洲人色变的恶臭，进而得以不卑不亢地周旋于田间农夫、苦力及手工艺者之间。恕我直言，为弘扬民主精神，污水池或许比议会制更加必要。“清洁设施”的出现，确实给生活带来便利，可也破坏了人类最初的平等意识。阶级仇恨愈演愈烈，与其归因于少数人垄断资本，不如说是卫浴装置造成的结果。

很难相信，当我们首次按下抽水马桶的开关，竟会误打误撞，悲哀地敲响了民主观念的丧钟。

37
传教士

他体格壮硕，筋骨结实，外套隐约显得紧绷绷的，容易让你产生错觉，仿佛他刚买新衣没多久，又胖了整整一圈。他着装从不变换花样，总爱穿蓝色的西服，其设计单调乏味，一看就是从百货商店选购的现货（前襟还饰有一枚小小的美国国旗），浆洗过的领口又高又硬，周围再系条宽边丝带，洁白的布料中星星点点，衬托着微蓝的勿忘我草花纹。他鼻梁短小，下巴稍倾，满脸胡须刮得很干净，好像不服输似的，流露出某种坚毅的神情；隔着大号的金边镜片，只见他碧眼圆睁；再往上看，则是平直毛糙的长发，它沿两鬓舒展开来，最后梳理妥当，油腻腻地卧于头皮表面。而在顶部，几根发丝却旁逸斜插，如同鸡羽般桀骜不驯。

他首次坐船，沿长江航行，却对周遭风物毫无兴致。河水湍急，往往转瞬即逝，他尽收眼底，但仍视而不见；每日晨昏时分，光影变幻莫测，所到之处皆染上凄婉或柔和的色彩，即便美景如斯，他也绝难有所触动。巨型舢板斜张着白帆，正借助风力，浩浩荡荡地顺势而下。月亮逐渐升高，将辽阔的大江笼罩在层层银纱里，岸边树丛中的寺庙宫观，遂因此脱去往常姿态，俨然成了仙气缭绕的太虚秘境。目睹这一切，他着实感到厌烦。除了定期学习汉语以外，他靠翻阅书刊打发剩余时间，旅途中可供选择的读物很少，只有一份三个月前的《纽约时报》，和某本莫名其妙出现在船舱的1915年7月英国议会辩论纪要。他决意来到这里宣讲福音，却未曾关注当地盛行的各种宗教，而是轻蔑地把它们统统归结为恶魔信仰。据我推测，他应该从没读过孔子的《论语》，对中国的历史、艺术与文学也一无所知。

我不清楚他究竟出于何种动机，非得远赴异域传教。只要提及手头工作，他就表示，自己当初选择这份职业，其实同别人进入政府部门、成为公务员没什么两样；尽管薪水颇低（他常抱怨挣得比工匠还少），他依然打算坚守岗位，做出点引人瞩目的成绩来。他努力扩大教会影响，从而吸收更多的信众；同时也希望创办的学校能自给自足。倘若他曾蒙受神之召唤，立志感化野蛮的异教徒，如今恐怕早已初心不再，难觅其踪了。他始终相信，传教这档事，归根结底可按某项经营企划来实施，而成功的秘诀，就在于宝贵的“组织”二字。他严守规矩，讲究道德，态度十分诚恳，但行动缺乏激情或热忱。他似乎对中国人印象很差，觉得他们头脑太简单，不熟悉他了如指掌的东西，所以简直愚昧得要命。同中国百姓打交道时，他常常颐指气使，不由自主地摆出高高在上的架势。他们制定的法规无从管束白人，他据此力争，对要求入乡随俗的做法感到愤慨。然而他并非恶徒，说实在的，他本人性格较温和，只要你别去质疑他的权威，那么我敢保证，他会尽其所能，全心全意为你效劳。

38
哲学家

在我看来，该地偏居一隅，的确非常遥远，然而正是这片区域，却孕育着某座城池，它雄伟广阔，观者无不感到惊讶万分。黄昏时刻，你若登上门楼，面朝落日的方向，就可以透过雉堞，望见西藏那边白雪皑皑的群山。街巷处处都人潮汹涌，你唯有前往城墙顶端，才能随心所欲地散步闲逛，如此环绕一圈，腿脚快的人要花费三个钟点。周围一千英里之内，皆未修筑铁路，而附近的河道又太浅，为保舟楫及货运安全，故只允许承载较轻的平底船通航。至于南下的舢板，则需走五天水路，方始接近长江的上游。生活中总存在几个瞬间，你会突然心神不宁，问自己火车和汽轮的意义何在，大家日常出行，全靠便捷的交通，但它们是否如我们所想的那般必要呢？你表示怀疑，因为发现了另一番图景：这儿的居民多达百万，他们成长婚配，养育子女，然后衰老死亡；众人没有便捷的交通，却也十分忙碌，除了开展贸易，还追求艺术创新，重视培养深邃的思想。

城里住着一位声名显赫的哲学家[1]，从某种程度上讲，我不畏艰辛，千里迢迢跑来中国，缘由之一就是想亲自去拜访。他精通孔孟之道，堪称儒学界最权威的研究者。据说他英语和德语都很流利，曾在老太后的统治下，担任某朝廷重臣（总督）的幕僚多年，如今却早已退休，过着隐士般的生活。可是他一年到头，每周均会抽几天时间，敞开院中各扇大门，迎接那些慕名请教的后辈，向他们阐述孔子的教义。他吸引了一批信徒，但数量很有限，因为比起简陋的房子与严厉的训诫，学生多半更愿意出国深造，他们喜欢海外高校华丽的建筑，以及洋鬼子所鼓吹的种种实用科学：听人提起这些，他就嗤之以鼻，态度显得极为轻蔑。关于他的奇闻轶事，有不少在坊间广泛流传，据此我逐步得出结论，想来他应该是个性格非常刚烈的人。

当我表示希望同这位名士会面，东道主马上便答应替我张罗，安排好接下去要做的一切；然而转眼几天过去了，依旧没有任何动静。我忍不住四处打探情况，主人则耸耸肩，也不知哪儿出了问题。

“我给他捎了张便条，让他过来一趟，”他说，“我实在纳闷，他怎么还没到。我看呐，他真是个乖戾的老古董。”

像这样傲慢地同哲学家打交道，我认为终究太过失礼，难怪他对先前颐指气使的呼喝无动于衷。我遂提笔写信，想方设法用最恭敬的口吻，询问他可否允许我冒昧登门。拜帖送出后，还没过两小时就有了回音，约定第二天上午10点，在他的寓所见面相谈。

1　指辜鸿铭（Thomson，1857—1928），名汤生，字鸿铭，自号东南西北人，又别署汉滨读易者，祖籍福建惠安县，曾留学英、法、德诸国，是近代著名翻译家、思想家。

我乘坐轿子赴约。路似乎长得没有尽头。穿过许多或拥挤、或冷僻的街巷后，我总算到达某条胡同深处。这儿空旷寂静，清一色的白墙，其中有扇窄门，轿夫上前敲了敲，就在那里把我放了下来。经过许久等待，背面有人拨开小窗，睁着黑色的眼睛，不住地向外张望；他匆匆同轿夫寒暄，随即微启户枢，看情形终于同意让我进去。我注意到，这男子衣衫甚陋，年纪轻轻却满脸苍白，总之颇为瘦弱，他用手势比画了几番，示意要我赶紧跟他走。那么他究竟是仆役，还是大师收的高徒呢？对此，我无从判断，实在不得而知。照他指引的路径，我遂离开年久失修的天井，来到某间低矮狭长的厢房。屋内陈设十分简单，只有一张美式拉盖书桌，若干紫檀木椅，外加两只小巧的中式茶几。排排书架倚墙而立，上面堆满了各种读物：当然多数都是中文典籍，但亦不乏英、法、德等国出版的哲学及科技类著作；除去这些，旁边还放着百十册尚未装订的学术评论。书架间墙壁的空当，则用于悬挂墨迹卷轴，我发现它们字体相差很大，想必写的都是孔夫子的箴言。地板光秃秃的，没有铺毯子。周围寒冷而萧索，任谁身处其中，皆难以感觉舒适愉快。桌前仅存一朵菊花，正兀自插在细颈瓶里，全靠那抹明黄鲜艳的色泽，才给这沉闷的角落增添了些许生气。

等待片刻后，领我至此的青年复又出现，手里端着一壶茶、两个杯子和一听弗吉尼亚牌香烟。他前脚刚走，哲学家就进来了。我赶忙起身，表示自己不胜荣幸，能获准登门瞻仰其风采。他挥挥衣袖，请我入座，并为彼此沏满茶水。

“听说你想见面一叙，鄙人深感欣喜，”他答道，“而贵国那些同胞，却只愿跟苦力和买办交往，他们甚至相信，每个中国人若非前者，则必定属于后者，绝无例外。”

我不揣冒昧，斗胆进行抗辩，岂料他当时话中有话，自己竟没弄懂其隐含的真意。他朝后靠住椅背，注视着我，满脸揶揄挖苦的神色。

“他们以为，无论何时，只需招手呼唤，我们就肯定会跑过去。”

我终于领悟到，原来他仍对朋友送的那张不合时宜的便条怀恨在心。我一时不知该怎样反应，只好轻声说了几句无关痛痒的恭维话。

他年事已高，个头比较挺拔，脑后拖着条细长的花白辫子，炯炯有神的双眸下面，则是鼓胀的眼袋，此外，还有口被烟熏得焦黄的烂牙。他的体形相当清瘦，双手仍不失其小巧精致，不过早已萎缩变形，犹如一对干瘪的鸟爪。我曾听人提起，讲他经常吸食鸦片。他衣着破旧，看上去十分潦倒，黑色的罩衫及瓜皮帽皆磨损严重，深灰的裤子则在脚踝处扎成了绑腿。默然间，他怔怔地观察我，大概尚未决定应采取何种态度，所以表情略带迟疑，显得有所防备。对热衷探索精神奥秘的人来说，哲学家自然占据首要地位，我们也可援引本杰明·迪斯雷利[1]的至理名言，务必要善待名门望族，并向他施以热烈的恭维与赞美。我遂攒足劲儿讲了许多好听的话，接着很快便感到，他生硬的动作逐渐开始缓解。此前他仿佛古板的绅士，正襟危坐准备拍照，如今听见快门的咔嚓声，就全身放松，恢复了平日里惯常的姿态。几轮闲聊完毕，他又拿出藏书，一一展示给我看。

“告诉你，我曾远赴柏林，获颁哲学博士学位，”他介绍说，“后

1　本杰明·迪斯雷利（Benjamin Disraeli，1804—1881），前英国首相。

来，我取道牛津，曾一度在那里继续深造。可是恕我直言，英国人往往无甚天赋，不太适合进行哲学研究。”

尽管说这句话时，他没忘记表达歉意，然而真相却昭然若揭，此番稍显刻薄的评论，其实并未影响到他的心情。

“纵观思想界各个领域，我们不也培养过若干著名的哲学家吗？他们无疑皆举足轻重，能轻松占据一席之地。”我分辩道。

“休谟[1]和贝克莱[2]？我暂居牛津时，那儿的哲学教授都忙着明哲保身，不敢去招惹身边研究神学的同事。他们不愿顺着自己思维的脉络，推导出合乎逻辑的结论，以免别人借此大做文章，进而危及他们在学术圈中的地位。”

“你熟悉美国哲学的最新动向吗？”

“你指的是实用主义？许多人一厢情愿，将其看作最后的救命稻草，坚信它会化腐朽为神奇。可说到底，美国哲学并没什么用处，相比之下，我倒更需要从美国进口的石油。”

他针砭时弊，言辞尖酸刻薄，简直毫不留情。我们复又入座饮茶。待几盏香茗下肚，他一改先前支吾的作风，开始侃侃而谈。他的英语虽有些古板，但终归瑕不掩瑜，总的来说非常地道。偶尔词不达意之际，他就干脆换个德语词组，竟也能相互配合，把观点表述得天衣无缝。所谓近朱者赤，像他这样性格执拗的人，若曾勉强接受外界的影响，那唯独只剩下德意志这个国家，能对他产生潜移默化的效力。德国民众勤勉有加，做事亦条分缕析，凡此种种皆令他念念不忘。而当一位苦心孤诣的德国教授，在当地学术杂志上发

1　大卫·休谟（David Hume，1711—1776），英国哲学家。
2　乔治·贝克莱（George Berkeley，1685—1753），爱尔兰哲学家。

表文章，就其出版的某部作品予以恰如其分的评论时，连他自己也不得不承认，德国人对哲学的敏锐洞见，堪称举世闻名，的确让周围朋辈折服。

“我写了二十本书，”他说，“而那教授的论文，则是欧洲刊物里仅存的一篇观照鄙人价值的报道。”

尽管他精研西方哲学，况且还著作等身，但这些丰硕成果，终究都尽数转作别用，最后反而促使他充分领悟到：真理毕竟难觅，故须恪守孔孟之道，深入发掘儒家经典，唯其如此，才有希望获得无上的智慧。他信誓旦旦，彻底接受了古代圣贤的学说。古典思想之要旨，能完全回应他精神上的需求，以致国外那一整套观念，相比起来倒显得空洞又徒劳。我对此颇感兴趣，因为这种现象印证了我的某个想法：即哲学关乎品格，而非逻辑。哲学家坚持何种主张，往往极少依赖证据，在更大程度上，却是由自己去率性而为；他凭借本能，早就对某事深信不疑，至于他的所有思想，则仅限用来佐证，其直觉的确无可辩驳得合乎常规。儒家学说牢牢根植中国文化之土壤，正因它具有别的思维体系很难企及的功效，能解释中国人的顾虑，让他们得以表达自我，从而获取慰藉。

讲到这里，我的主人点了支香烟。起初他嗓音尖细，听上去充满疲惫，不料却越说越有精神，于是声调相应地变得高亢浑厚，甚至连言辞也愈发激烈了起来。所谓智者的沉静气质，在他身上则全然无迹可寻。他像斗士般勇猛，靠着口舌之利而大杀四方。如今盛行的摩登体制，竟罔顾现实，提倡追求个人主义，对此他简直深恶痛绝。他眼中的社会，从来就是一个整体，由无数家庭的基石紧密构筑而成。他拥护古老的中华帝国，赞美传统教育，坚信只有严守儒家规范，才能治世济民，平定天下。他斥责那些新近回归的留学生，暴躁又苦涩的神态溢于言表。这批人刚从国外高校毕业没多久，就纷纷数典忘祖，六亲不认，亲手摧毁了世间历史最悠远的文明。

“可你们呢，知道自己在做什么吗？”他声色俱厉，愤怒地喊道，“你们凭什么断定，凡事都比我们强？难道你们更懂文艺吗？或者说，我们的思想家不如贵国同行深刻？还是我们的文明着实有待发展，不像你们那样精细复杂、典雅高贵？千万别忘了，曾几何时，你们尚且蛰居山洞，过着茹毛饮血的生活，而我方初民早已开化受教，领会到了克己复礼的要义。诸君是否明白，我们曾敢为天下之先，尝试进行某项独一无二的实验：即摒弃种种暴力手段，寻求用智慧来管理这个伟大的国家。数百年间，我们摸爬滚打，终于取得成功。既如此，为何白人依旧固执己见，瞧不起黄皮肤的中华儿女呢？要我告诉你们吗？前述之恶果，全拜他发明机枪所赐。那就是你们的优势。我们个个手无寸铁，堪称不知防备的群氓；你们动动手指，便可将老百姓送上西天。中国哲学家坚信，完善法律体系，营造和谐的环境，能有效治疗社会痼疾，还世界以良好秩序；而你们却一门心思征服掠夺，仗着船坚炮利，把他们多年来的梦想轰击得粉碎。事到如今，你们又大兴殖民教育，美其名曰提携后进，将当年秘不示人的奇技淫巧，传授给我们派至海外留学的优秀青年。你们达成了目的，各式各样丑恶的杀伐工具，于是一股脑儿全被塞入我们手中。难道你们不清楚，我们天赋异禀，擅长摆弄机械？难道你们不知道，这个地区四万万的人口，都是世界上最踏实肯干的国民？难道你们觉得，我们需要很长时间，才能学会操作那些玩意？待得炎黄子孙群策群力，造出同等射程的枪炮，且装弹打击无不娴熟，精度方面更是媲美白人火器后，你们所谓的军备优势，彼时究竟还剩下多少实际价值呢？俗语有云，以眼还眼，以牙还牙，你们既靠机枪横行霸道，故最终也要接受机枪的公正裁决。”

对谈渐入佳境，我俩却突然止住话头。有个小姑娘，正轻手轻脚地走进屋内，只见她身子一歪，便当着我的面，依偎在老先生的怀里。她不断打量我，眼神充满了好奇。据老人介绍，这是他最年幼的女儿。先生张开双臂，径直把她搂到跟前，温柔地亲吻她，并低声说了几句关切的悄悄话。她脑后梳着长长的马尾，穿一件黑色的外套，裤腿几乎不及脚踝，显然已很久没有换过新衣。她出生的那天，清朝皇帝宣布退位，轰轰烈烈的辛亥革命终于取得成功。

“我原本以为，她是春天的象征，预示着新的时代即将来临，”他说，“然而事与愿违，这个老大帝国每况愈下，她只不过赶上最后的时刻，成了残秋败景里仅存的娇艳花朵。”

他走向拉盖书桌，打开里面的抽屉，从中拿出几张钞票递给小女孩，打发她去街上买点东西。

“你看啊，现在早就共和了，我还留着它没剪掉，”他若有所思，双手捧起辫子，喃喃说道，“这好比一个信物，堪称意义非凡。鄙人不才，甘当古老中国最后的代言者。”

至此他态度更加和蔼，在论及尘封已久的往事时，他告诉我，古代的诸子百家，都是带着门徒周游列国，对诚恳求教又颇识大体的乡民，往往来者不拒，甚或还会倾囊相授。各地王侯皆奉他们为座上嘉宾，纷纷请来共同商讨国策，另外特许他们高官厚禄，以便协助管理远近许多城池。他好读书，知识很广博，文采亦极佳，其祖国历史中的若干事件，经过他绘声绘色的讲解，遂变得生动活泼起来。我不禁想，他阅历丰富而坎坷，怎么说也算是个悲情人物。他一身本领，自忖完全应该出将入相，可惜辽阔的神州大地，再无君主能赋予他治国平天下的重任；他经纶满腹，非常希望传授给莘莘学子，好不违背其矢志奋斗的初衷，然而真正跑来他门下听讲的，却只有寥寥数人，且尽是些潦倒愚钝、指望混口饭吃的草莽村夫。

我担心待得太久会引起无谓的争端，因此出于谨慎，有几次试着向他说明该告辞了，但他实在很热情，忙表示时间还早，要我多聊一会再动身。我不忍拂其好意，便又坐下相谈，最后我想必须得回去，于是站起准备离开。他走过来，握住了我的手。

“你远渡重洋，前往拜会中国的末代哲学家，我不揣冒昧，打算送你点东西作为纪念。可鄙人无甚钱财，想来想去，也找不到什么拿得出手的物品相赠。”

我赶紧表示不用客气，并再三强调，这次访问令人难忘，而留存于心的记忆本身，才是无比珍贵的礼物。他笑了。

“如今世风日下，人人朝不保夕，任谁都难记住许多事情，所以我还是想让你带一件更实在的东西走。若你看得懂中文，我就会送你一本我写的书。”

他友善地看着我，流露出困惑的表情。我灵光乍现，忽然有了主意。

“请给我一幅你的字吧。”我说。

“你喜欢书法作品？”他脸上漾起笑容，“我年轻的时候舞文弄墨，别人都赞赏有加，认为拙著笔力遒劲，颇具颜柳诸公之遗风。”

他在书桌前坐下，取出一张宣纸，然后铺展开来。他又往砚台里倒入少量清水，用墨条细细研磨片刻，这才郑重其事地拿起毛笔。一切都准备妥当，他俯身挥毫，臂膀随之飞舞，动作十分潇洒。而我则垂手伫立，饶有兴味地观赏其优美的姿态，同时却忍俊不禁，回想起此人的另外一件趣事。据说他老当益壮，素喜流连于脂粉丛中，似乎保持着名士惯常的风流做派。因此无论何时，只要能省吃俭用搜刮出几个私房钱，他就会跑去花街柳巷，找那些青楼姑娘（这里采取通行的委婉语）把积蓄挥霍殆尽。他的长子是城里举足轻重的人物，自然对父亲放荡的行径感到苦恼，认为他不断制造丑闻，败坏了读书人的名声，弄得家中老小都没法挺直腰杆、抬起头来做事，单靠着根深蒂固的孝顺心理，他才勉力忍住满腔怒火，未曾严加指责这个玩世不恭的痴汉。我敢肯定，从子女的角度讲，若长辈生活有失检点，的确容易使他们无比难堪；但就研究人性的学者而言，则大可等闲视之，甚至还应予以充分理解。哲学家甘愿囿于书房，在局限的空间内阐述自己的理论，他们仅凭二手生活资料，便妄想由此推导出相应的结果。其实要我说，除非这些人事必躬亲，体验过普通民众的喜怒哀乐，否则其作品多半都是隔靴搔痒，缺乏任何明晰的意义或启发性的价值。老爷子爱同底层女伴玩乐，这种癖好本无伤大雅，我倒更倾向于宽容对待，完全不必表现得过度惊慌。或许他孜孜以求的，正是想拨开迷雾，看清楚我们错乱观念背后，那最令人费解的本质。

他凝神收笔，完成了创作。墨迹尚未干透，他撮起一把烟灰，顺势轻轻撒在纸面上，随即站起身，把这幅新品递到我跟前。

“你写了些什么？”我问。

有那么一瞬间，在我看来，他的眼底仿佛闪过几分狡黠的光芒。

“老朽自作主张，给你题了两首我写的小诗。”

“我不知道，你还是个诗人啊。”

“几千年前，中国尚处于未开化的阶段，”他语带讥讽地回答，“那时候随便哪个知识分子，至少都会写几句风雅的韵文。”

我接过宣纸，看着上面密密麻麻的汉字。它们笔走龙蛇，构成了十分悦目的图案。

“你何不再给我一份译文呢？”

“译者即叛徒，”他答道，“你别想指望我出卖自己。请你的英国朋友帮忙吧。那些所谓的中国通其实什么也不知道，但你至少可以找个差强人意的，要他稍微上点心，替你粗略而简单地翻译几行。”

我向老先生告辞，他很是客气，坚持把我送到门外轿子旁边。后来我找着个机会，遂将这两首诗拿给我认识的一位汉学家朋友，麻烦他翻成英文，最后终于获赠如下译本。[1]老实说，我怎么也没有料到，自己读完竟有些吃惊，这实在是太不合情理了。

其一

当初你不爱我
你的声音是那么甜美
你的眼里充满了笑意
你的双手纤细温柔

后来你爱上了我
你的声音变得苦涩
你的眼里充满了泪水
你的双手僵硬干涸

1　为此，我要感谢好友 P. W. 戴维森先生的热情协助。（作者原注）

这是多么的令人悲伤
因为爱竟使你变得
不再可爱

其二

我曾祈求岁月匆匆
带走你明亮的双眼
你如桃花般娇嫩的容颜
和你迷人的青春朝气

那样我就可以独自爱你
你也会在乎我的爱

岁月真的匆匆过了
带走了你明亮的眼睛
你如桃花般娇嫩的肌肤
和你迷人的青春气息

可是我却不再爱你
也不再在乎你的爱[1]

---

1 辜鸿铭这两首诗的中文原诗已无从查考，这是目前流传最广的中译文，译者不详。此译文可能源于曹山的译文，参见《人物》杂志1981年第2期，第171页。

39
女传教士

想必她已年过半百，但由于长期笃信上帝，绝无半点犹疑，其内心仍澄澈明净，脸上也看不出一丝皱纹。她反应很果断，从未因思维停滞低首蹙眉，故前额至今甚是光洁，俨然没留住多少岁月的痕迹。她五官端正，显得豪迈逼人，颇有几分阳刚之气；及至底部，又见刚强坚毅的下巴，遂证实了她眼睛所造成的独特印象。那双眸子湛蓝深邃，仿佛沉着自信，丝毫不受外界喧嚣的干扰。它们透过硕大浑圆的镜片，像做结案陈词般，从头到脚认真细致地审视对方。你定会意识到，这名女子天赋异禀，应该非常乐意发号施令。在她所有功绩之中，经营公益事业当属第一要务，此外你亦确信，她如此堂皇地广结善缘，实际上完全靠的是某种投机取巧的交易手段。此人衣着十分光鲜亮丽，你大可说她不乏人类普遍的虚荣心（这常通过其重仪态、爱打扮的做法来表现）：比如用紫罗兰绸裙作背景，再饰以繁复的刺绣纹样；或者剪去丝绒女帽上的羽毛，插满缤纷绚烂的三色堇花卉，其造型之俗艳夸张，若非她本人气质高雅，换作别的凡夫俗子戴在头顶，则显得近乎有些卖弄风情。不过就算是我那做牧师的叔叔亨利，即使他在惠茨特博教区服务了二十七年，并一贯强调神职人员的太太要合理选择服装，也无法对苏菲阿姨穿紫色衣物的行径提出异议。照这样看来，他肯定会认为，女传教士的长裙称得上体面，绝无任何让人指摘的地方。她口齿伶俐，对答如流，好似拧开的水龙头般滔滔不绝。沟通交流时，她往往泰然自若，侃侃而谈，简直达到了极其出色的地步；活像某位资深的政客，懂得抓住机会给予致命一击，在竞选活动接近尾声之际振臂高呼，只为再次激起听众的阵阵喝彩。你感触良多，她的确了解自己话语背后的真正含义（我们大部分人却无法做到这点），并且也会言出必行，绝非仅仅是敷衍塞责说说而已。

“我常常想，”她愉快地指出，“若能把问题的两面都搞清楚，而不是只知其一，不知其二，那么你做出的判断就会有天壤之别。但话又说回来，某些事实根本改变不了，这就好比简单的算术，二加二永远等于四，无论你争辩多久，甚至费尽一整晚的唇舌，也无法使它们等于五。怎么样，我说得对不对？”

我赶忙表示完全正确，想借此打消她的顾虑，然而内心深处却不置可否，对那些突然充斥脑海，仿佛无穷无尽的相对、平行等新奇理论，自己实在很难准确地理解或把握。

“没有人可以把蛋糕吃掉，同时又继续拥有它，”她接着说，旨在印证贝奈戴托·克罗齐[1]的理论，即语法同表达几乎毫无联系，“正因如此，我们得居安思危，享受生活时亦切记做好吃苦的准备。就像我常对孩子们讲的那样，千万别指望事事都顺心如意。普天之下，谁也不可能尽善尽美，这就是为什么我总愿意相信，只要做到将心比心，以己度人，你终将获得圆满的结局。”

---

1 贝奈戴托·克罗齐（Benedetto Croce, 1866—1952），意大利文艺批评家、历史学家、哲学家。

必须承认，当时听完她的话，我竟愕然不知如何开口。但我打定了主意，至少做做样子胡诌几句也好。这是最起码的礼貌。

“多数人摸爬滚打了一辈子，得出的经验便是，阳光总在风雨后，”我热切地接过话茬，“把任务预设在能力范围之内，那么你咬牙坚持到底，就可完成绝大部分的目标。毕竟俗话说得好，宁可直中取，不向曲中求；知足常乐，总比痴心妄想要更加实际。”

待我洋洋洒洒把道理讲完，却发现她眼角匆匆闪过一丝困惑，可我敢打包票，这实属自己主观臆断，因为她忙不迭地点头称是，态度看起来十分坚决。

“没错，我当然明白你的观点，”她说，“我们应该量力而行。”

但事到如今，我谈兴渐起，而且愈发激动，于是便摆摆手，不顾她的插话继续说：

“一英镑等于二十先令，一先令等于十二便士，这些谁都清楚，但很少有人明白，上述不起眼的常识，其实蕴含着深刻的哲理。在我看来，与其水中望月般朦朦胧胧地谋划远景，倒不如踏踏实实抓住眼前的具体状况。总之，我们至少可确定一点，那就是整体利益远远高于局部价值。”

她握紧我的手，动作坚决而独特，同时语怀真挚热情地向我道别。

“唔，和你聊天有趣极了。在这样一个远离文明的地方，能遭遇智力上旗鼓相当的对手，并彼此交换意见，简直让人感觉如沐春风，身心都得到了净化。”

“对他者而言，尤其如此吧。”我低声说。

“我一贯以为，大家应该汲取前辈的伟大思想，”她反驳，“这么做，才显得往昔那些圣贤并没有白活。”

听她说话，真是很难做到不目瞪口呆。

40
一局台球

我坐在宾馆大堂，翻看一份几天前出版的《南华时报》。忽然，酒吧间的门被人草草推开，从里面走出来个颀长瘦削的男子。

“你愿意跟我玩一局台球吗？”他说。

“当然可以。”

我随即起身，同他并肩进入酒吧。这家旅店规模虽小，却装修得有些哗众取宠，到处都饰以俗丽的石材；负责运营的老板来自葡萄牙，是个混血儿，且沾染了抽鸦片的习惯。此处房客寥寥无几，论数量总共还不够半打，除去我之外，还包括某葡萄牙官员及夫人，二者欲前往遥远的殖民地，故至此中转休息，好等待运送他们的轮船靠岸；一位整天绷着脸、醉醺醺的英国兰开夏郡工程师；和另一位上了年纪，但依旧风姿绰约的神秘女士，她每天按时来餐厅吃饭，事后又立马返回自己房间。至于刚才那名男子，我倒未曾留意，想必他搭乘中国慢船，傍晚方由水路抵达本港。据我推测，他大概五十多岁，脸色近乎砖红，皮肤干瘪而皱缩，仿佛热带毒辣的阳光，早已将体内水分蒸发耗尽。我实在无法判定，他究竟何德何能，又凭借什么手段维持生计。也许他是个丢了工作的船长，或由香港哪家外资商行委派，暂驻小城替公司代办各项业务。趁着轮流计分的空当，我随便向他寒暄几句，可他没有搭话，显得非常清静寡言。他的球技难称高超，但仍不失相当的水准，况且他为人比较友善，所以台前相互切磋，无论输赢皆十分愉快；我还记得，彼时他将我的球打落袋中，却避免乘胜追击，反而给我让出一杆合适的角度。尽管大家心情很好，但最后快结束时，若非他破天荒地打碎沉默，突然冲我提出个极其古怪的问题，我肯定无需多久，便把这番偶遇抛诸脑后，再也不会想起此人的存在。

“你相信命运吗？”他开口发问。

“指哪方面，难道和打台球有关？”我反过来问他，对他的话语感到无比吃惊。

“不对，说的是人生的际遇。”

我并不打算认真回答他的问题。

“我很难弄清楚。”我说。

他打了一杆球，貌似稍微偏了点。少顷，他又去给球杆顶端上粉，然后说道：

“我信。我认为，假如事情非得发生在你身上，那么无论怎样逃避，到头来皆实属徒劳之举。”

谈话戛然而止，他一个字也没有多说。等这局台球打完，他遂径直上楼，回房间睡觉去了，而我则再未与他碰面。我永远无法知晓，到底是什么奇怪的情绪使然，竟能令他不顾体统，唐突地朝陌生人表达心中的疑惑。

41
船长

我知道他喝醉了。

他是一名思想新潮的船长，个子不高，很注重仪表，胡须刮得非常干净，乍看起来俊朗潇洒，完全能媲美潜艇指挥官。他的舱房内，挂着一件崭新的外套，款式十分华丽，双肩饰有金光闪闪的穗带。此类制服本属战时物资，靠结实耐用而广受好评，此后便特许给商船管理人员，以满足他们日常的衣着需求。然而，他却羞于将其披在身上，觉得此举太过招摇，甚至还比较荒唐可笑。说到底，自己无非是个小船长，只能驾驶扁舟在长江流域游荡。因此，若需前往控制台视察工作，他宁愿穿平整的棕色西装，再戴一只洪堡式卷边软毡帽[1]，并坚持把鞋面擦得锃亮，从中你几乎能照见自己的身影。他双目澄明，皮肤经过护理，仍能保持滋润，仿佛掩盖了光阴的侵蚀。如今他想必近乎不惑，虽然长期出海谋生，转眼已消逝廿载春秋，但仅凭样貌去判断，他顶多像一个二十八岁的青年。你尽可放心，他作风正派，且身体康健，精神亦颇纯洁，丝毫没受到那

1　源自德国洪堡地区，指某种两边卷起、顶部有纵向凹陷的男士毡帽。

些所谓东方恶习的影响。他对通俗文学怀有浓厚兴趣，书架上摆着好几本E. V. 卢卡斯[1]的选集。走进他的舱房，首先映入视野之物，要数他曾效力的足球队合照，另又陈列某妙龄女郎的相片两张，皆为干练的波浪鬈发型，看样子多半就是他昔日的未婚妻。

我明白他喝醉了，岂料程度竟相当严重，否则他也不会心血来潮，突然问我：

“知道什么是民主吗？”

我王顾左右而言他，大概轻飘飘地回复了几句。至于后面几分钟工夫，我们则掉转话头，讨论起若干更加合适的主题。这时他打破沉默，幽幽表示：

“我希望你别误会，刚才我说‘民主是什么’，但那并非意味着我信奉社会主义理念。”

“放心吧，我根本没多想，”我答道，“可我真觉得纳闷，你为何就不能做个社会主义者呢？”

“我用名誉向你发誓，本人绝不是社会主义者，”他赶忙申辩，“若凡事皆能为所欲为，我巴不得将那些人拉去刑场，叫他们沿墙站好，然后拿枪一个个全都干掉。”

“知道什么是社会主义吗？”我问。

“唉，你懂我的意思，亨德森[2]和拉姆齐·麦克唐纳[3]等诸如此类的家伙嘛，”他接口说，“总之别跟我谈工人阶级，我快要厌烦透了。”

1　E.V. 卢卡斯（Edward Verrall Lucas, 1868—1938），英国作家、评论家。

2　亚瑟·亨德森（Arthur Henderson, 1863—1935），英国政治家、工党创始人。

3　拉姆齐·麦克唐纳（Ramsay Macdonald, 1866—1937），英国政治家、原工党领袖。

“但恕我直言，若没弄错的话，你自己也是工人啊。”

他许久都没有出声，我猜他已抛开上述质疑，走神去考虑其他的事情。然而我却棋失一着，原来他绞尽脑汁，正在仔细分析我话中蕴含的所有动机。最后他想通了，遂正色说道：

“你必须搞清楚，我并不属于工人阶级。简直活见鬼，我可是从哈罗公学[1]毕业的。”

1 哈罗公学（Harrow School），英国历史悠久的寄宿制贵族学校，与伊顿公学（Eton School）齐名。

42
小镇风景

作为观光客，我确实比较懒散，每当有专业向导或本地友伴，劝我游览某片名胜古迹，我便会生出固执的抗拒心理，总想要他们赶紧去忙自家事情，以免在我这儿白费唇舌，甚至落得个吃力不讨好的下场。无数双眼睛已先我一步，伴随着喷涌的热忱，充满敬畏地凝望过勃朗峰[1]；无数颗心脏亦早就激动难耐，于《西斯廷圣母》[2]庄严的面容前，饱含深情又仿佛失控般地怦怦直跳。此类大众景点犹如滥情的女子，太容易感同身受，结果往往来者不拒，无论是谁，都能从其悲悯的神态中寻获慰藉：你实在有些尴尬，很难说服自己步他们的后尘，纵使那妇人机关算尽，老练地请你敞开心扉，向她倾吐全部悲苦，并表示绝不泄露半句，你也没法按照要求轻易就范。假设你竟误打误撞，成了压垮骆驼的最后一根稻草，到时又该怎么办呢？不，女士，我看还是将愁怨（如能独自承受，那便再好不过）托付给别的新手吧，虽说他们多半毫无头绪，还未学习对症下药，更拿不出适宜的话来劝解我。到陌生的城镇旅行，我

1　阿尔卑斯山最高峰。
2　意大利画家拉斐尔为罗马西斯廷教堂创作的圣母油画像。

倒喜欢随意闲逛，这样做固然缺乏目的，或许错过参观哥特大教堂的欣喜，但塞翁失马，焉知非福，却能因此偶遇某个精致玲珑的罗马礼拜所，或是一条文艺复兴时期的门廊，我可以自鸣得意，又找着几处无他人打扰的小众秘境。

然而说归说，这附近确实有非常独特的景致，倘若不去领略一番，那可真是太违背常理了。其实，发现它的过程纯属偶然。那天我穿过城墙，跑到外面泥巴路上闲逛，走着走着就撞见旁边田野里突起的若干牌坊。它们规模相对较小，个个朴实无华，三三两两挤在一起，有时也前后隔开，不过全都沿街道排列，并非如多数牌坊般横跨于马路两侧。这批建筑选址奇异，仿佛当年营造的初衷，与其归结为感恩逝者或表彰贤良，不如说是出于官场致意的需要，恰似我们西方政府，每逢君主诞辰，会遴选外省卓越市民进京，再向他们颁发荣誉骑士勋章。牌坊群的后面，地势陡然提升，周围密密麻麻堆积着许多坟茔，原来那些本土百姓，按照中国旧俗，喜欢把先人葬在高处的丘陵里。又见一条压实的窄径，它通往某座小塔，我决定顺道走过去看看。那是幢低矮的塔楼，其形如树桩，但更像个锥体，长短估计有三米，由块状粗石垒砌而成；它映衬着蓝色晴空，兀自伫立于山坡荒冢之间，顶部扁平凹陷，好比丑角皮耶罗的高帽，却还显得姿态别致，颇有几分古意盎然的野趣。塔基左右皆很杂乱，地上散落着不少粗藤编制的篮子。我随即绕行至塔身侧后方，又注意到一个矩形开口，横竖约莫在十八英寸[1]和八英寸，旁边系着根结实的绳索，往内延展直通入洞底深处。蹊跷的是，从里面

1　1 英寸等于 2.54 厘米。

竟飘出阵阵腥臭气息，旁人闻之几欲作呕。我恍然大悟，这才弄清楚了这古怪建筑的真正用途：别看它没多大，却是座不折不扣的婴儿塔。人们将小孩装在篮内，然后带到此地进行处理，其中两三只似乎相当新，看样子应属刚丢弃的物品，距彼时估计不会超过几个钟点。而洞外绳索，又做何解释？唉，真可悲啊！万一负责运婴儿的人（父母或奶奶，接生婆或挚友）动了恻隐之心，念在孩子降生未久，无法忍受就这样让他滚落到石塔底部（因为深坑位于塔基下面），那么便可选择拉住绳索缓缓将其放下去。臭气熏天，则是塔内腐烂的尸骸所致。我正站着兀自嗟叹不已，碰巧遇见一名活泼的小男孩，他径直走上前，费了好大劲，才用各种手势告诉我，当日上午有人把四个弃儿送来塔边。

有些哲学家颇为自满，将暴行视作必要之存在，他们往往觉得，若世间再无罪恶发生，则何以体现善举的强大潜能。换句话说，此消彼长、盈亏相继乃万物繁荣的保障：不经历物资短缺，根本没机会施舍馈赠；未曾感受过苦楚，又怎样教别人去同情；唯独当面临艰险，方可激起浑身勇气；而反反复复的悲剧，正是导致沉沦的诱因。这种对待稚童的做法用他们的话来说，恰巧充分印证了上述先入为主的观念。想当初，若没人去郊外修建婴儿塔，如今城中那所孤儿院便无从应运而生：游客的行程单内，将缺少一处稀奇有趣的景点，至于几名可怜的女士，她们也会错失良机，难以实行某项震撼心灵的美德。该孤儿院开在市区拥挤的贫民窟，貌似年久失修，故显得非常脏乱破败；针对选址的问题，负责管理的西班牙修女——算起来总共不过五位——其实有自己的考虑，她们相信离需要帮助的居民越近，就越方便采取行动或施予援手；况且她们资金不足，没办法搬到干净点的地方，好盖几间宽敞又明亮的校舍。

平日里，她们教收养的女孩做些手工细活，如编织蕾丝和刺绣；整个慈善机构全靠出售此类物品，以及信徒捐赠的救济金来维持运营。

在两名修女（院长嬷嬷和另一位）的引导下，我进去参观了几处值得游览的地方，其中包括工作室、游戏房、集体宿舍还有餐厅。说来也颇奇异，当我次第穿过这些阴冷空旷的屋子，看着周围低矮的白墙，内心竟感到某种置身西班牙的错觉，仿佛随便推开哪扇窗户，多半能瞧见塞维利亚的吉拉尔达钟楼。此外你又欣喜地发现，修女们待孩子都很亲切温柔。这里收养的两百个幼童，皆为原生父母所抛弃，于是自然而然就成了孤儿。我们来到一间宅院，发现有群小孩在那儿玩耍，他们年龄相仿，四岁左右，体态亦无甚差别，还统统显出黑眼睛、黑头发、黄皮肤，活像按同样模板印刻，简直堪称中国鞋屋老婆婆[1]的子女。他们随即凑到修女跟前，兴高采烈地相互嬉戏打闹。院长嬷嬷语调极其和蔼，以前我真是闻所未闻，可当她拉着好几个小家伙说笑时，却要比平常说话愈加慈爱了几分。他们依偎在她旁边，脸上流露出满足的神态，此幕场景确实十分动人，近乎将她衬托得犹如恩典的化身。孩子们大多较为羸弱，有的罹患残疾或正遭受病痛，少数发育迟缓，以至于形容丑陋，而另外几位则双目昏昏、貌似久已失明。对之我感触颇深，心头难免稍微打战。嬷嬷眉角低垂，满眼都是怜惜，安详的笑容中洋溢着温情，直教我忍不住击节赞叹。

接着大家携手来到会客室，修女端出西班牙风味小甜饼，倒了

1　英国流行的一则民谣，说的是一位老婆婆住在鞋子里，养了很多孩子，却不知道如何照顾。

一杯曼萨尼亚酒[1]供我享用。席间我介绍说，自己曾客居塞维利亚，众人听罢，当即唤来第三名修女，好让她抓住机会，同我这个去过她家乡的游子，认认真真聊上三五分钟。她们郑重其事，骄傲地领我拜谒中央小礼堂，那儿安放着俗艳的圣母像，周围陈设却非常简陋，无非是些红红绿绿的纸花，以及各种粗制滥造、土里土气的饰品。哎呀，这些修女天性纯良，十分虔敬，但艺术修养实在低劣得可怕。我倒全然不以为意：就我而言，那种触目惊心的浮华下面，其实隐藏着某样感染力极强的东西。很快我就准备告辞，最后院长嬷嬷问我有没有兴趣，想不想看看今日收养的几个娃娃。为劝老百姓把丢弃的婴儿送到这里，修女们开出了每位孩子给二十文的价钱。仅仅值二十文啊！

“你要知道，”院长向我解释，“他们来一趟往往得走很久，若不提供点补偿，他们才不愿费劲自找苦吃呢。”

我跟随她的脚步，来到大门旁某间逼仄的接待室。就在那里，四个新生儿平躺于饭桌前，身上还紧紧裹着一条床单。他们看样子刚洗过澡，正蜷缩于宽松的襁褓内。掀开那临时被褥，只见他们并排仰卧，脸蛋红扑扑的，手脚不住地挥舞。四个小家伙皆怒气冲冲，想必不太喜欢洗澡，但也有可能是肚子饿坏了。他们的眼睛异常巨大，都齐刷刷地睁着，如此反倒显得体格弱小，亟须别人来照顾呵护：你盯着他们看了好长时间，不禁面带笑容，可实际上却如鲠在喉，内心涌起阵阵苦涩的哀恸。

1　一种略带苦味的西班牙雪利酒。

43
黄昏

或许因天色向晚，你无力继续步行，索性坐上轿子赶路，翻过山顶时，还穿越了一道石门。你百思不得其解，在如此荒郊野外，周围又人迹罕至，修筑门楼究竟有何意义。但残存的高墙表明，这里竟是某远古王朝的遗址，该堡垒曾巍峨耸立，尽职尽责抵挡贸然入侵的仇敌。走到石门后面，你便可俯瞰大片波光粼粼的水田，那儿阡陌交加，隔出无数块菱形，掩映于草木葱茏的圆丘之间，放眼望去，宛如中国式《爱丽丝梦游仙境》里的棋盘。你无暇贪恋美景，遂寻着连接市镇的通衢，沿窄道步步往下。小径全由粗砾铺成，附近暮霭渐浓，你途经一片低洼灌木，恍然惊觉有异，原来是夜风拂面，将林地凉爽的气息吹向四方。你仿佛神游天际，再也听不见轿夫缓慢又极富韵律的脚步，耳畔倏忽变得清静宁和：他们换肩膀抬竿时发出的尖锐呼喊，彼此聊天解闷无休无止的谈话声，以及漫长旅程中偶尔用以自娱的即兴曲调，所有杂音统统都消失了；你只对那似曾相识的扑鼻芬芳感兴趣，这份馥郁本属刚才的树丛，却同记忆深处的味道一模一样，以前每逢进入布莱恩森林，你总要拼命呼吸，十分迷恋肯特郡沃土悄然散发的幽香；于是眨眼工夫，旧日情怀便牢牢攫住你的全部思绪。你进而呆呆站在原地，好似灵魂出窍般，远离了目前的时空，得以带着新的观照去审视过往。几番遨游之后，你该记起消逝的青春，那时的雄心壮志，还有令人形销骨立的炽热爱情。倘若真如他们所言，你仍对命运的安排愤愤不平，并因此容易多愁善感，那么你会难掩悲痛，任由泪水打湿自己的眼眶。及至再次振作、抖擞精神准备上路的当口，你说不定才注意到，左右已漆黑莫辨，沉沉夜幕早就降临多时。

44
正常的人

迫于生计，我曾一度投笔从医，攻读解剖方面的教程。这原是门特别枯燥的学问，你需死记硬背大堆材料，而且各个知识点毫无相似之处，彼此也很难找出多少必然的关联；但有一次在解剖腿部的实践课中，当老师前来指点我时，他所说的话却始终让人记忆犹新。我按部就班地仔细操作，岂料仍没法分辨某根神经的位置，最后只好向老师求助，凭借那精妙绝伦的手段，才从意想不到的地方寻得它的踪迹。我因此深受打击，感觉自己枉费苦功，竟错信了课本上的描述。老师则不置可否，笑着说道：

“你要明白，正常的东西，往往堪称世间罕见。”

他言语凿凿，讲的正是临床解剖经验，不过若将其用于评判人性，实际上也同样极为贴切。比起许多艰深古板的高谈阔论，老师这句闲话倒给我留下了更加深刻的印象。尽管此去经年，我已充分领悟人性的复杂与善变，然而逐渐增长的阅历，唯独愈发使自己坚信老师所说非虚。我曾见过数以百计的男女，个个似乎都举止规范，完全合乎正常人的价值取向，可无一例外的是，很快我便会在他们身上发现种种显著的习性，终究无法再做到分门别类，以致几乎就要视其为自成派系、特立独行的朵朵奇葩。我饶有兴味地细查深究，只想勘透最普通的表面伪装，抓住隐藏在背后的怪异本质。有些个体的确太过平凡，混迹于人潮中你无论如何也找不着他们，可与此同时，这群民众又极易变得腐化堕落，内心怀有令你惊骇万状的丑恶念头。归根结底我必须承认，正常人士好比珍贵的艺术品，值得大家不懈努力去追寻或探听。结交明事理的朋友，能让我由衷地感到满足，如此别致的情趣，我想只能称之为审美愉悦。

我曾十分笃定，认为罗伯特·韦布就是这样一个正常的人。他驻守某小型海港，代表英方担任领事，我则受相识委托，顺路要带封信件给他。其实我来中国漫游未久，沿途已听闻不少关于他的消息，论内容全都是些溢美之词，可见他在友伴及旁观者心中威望甚高。每当我偶然提起行程安排，或表示准备去那口岸拜访他，这时候总有人信誓旦旦地说：

“你会喜欢鲍勃[1]·韦布的。他为人不错，是个顶好的家伙。”

他官场得意，简直左右逢源，私底也非常吃香，广受各家的赞许。他礼遇商贩，积极打点关系，设法维护他们的权益；另亦不忘安抚本区百姓，同时还处处顾念传教士的需求，至此他声誉日隆，前者纷纷佩服其果敢，后者则忙不迭地称赞他信仰坚定，并且崇尚安分守己、无欲无求的生活。辛亥革命期间，全靠他当机立断，有勇有谋，最终在彼时供职的城镇施救成功，令该地侨胞和大量中国难民安全脱离险境。他多方游说和解，主动出面调停，凭借机敏的头脑，促使参战队伍进行协商，进而签署了皆大欢喜的停火协议。照这般看来，他想必事业亨通，很快就会平步青云。我自然觉得他

1　罗伯特的简称。

具有极强的个人魅力，尽管样貌绝非出众，可看上去却比较亲切；他体格丰硕匀称，丝毫不显肥胖，姿态还算挺拔，估计略微超过了标准身高。他年龄将近半百，面容尚富于血色，而那备受呵护的肌肤，唯独在清晨时分，难免容易稍显肿胀。这也没什么奇怪的，因为外国人远赴异域，日常饮食都甚是铺张，何况罗伯特·韦布一向康健、胃口极佳，喜欢追求生活中的各式珍馐美馔。他热衷请客同食，家里总备着好酒好菜，所以动不动就呼朋唤友，少则一二名，多则十几位，大家聚在桌旁共享午餐或晚宴。他表情真挚，两只碧眼常常透露和善的光彩。交际方面，他很有些天赋，颇讨场内诸宾客之欢心：他弹得一手漂亮的钢琴，然而关键在于，别人喜欢的音乐他亦来者不拒，任谁表示想要跳舞，他总能随时转换风格，快活地演奏出令众人满意的单步曲或华尔兹。他婚姻美满，儿女双全，妻子和小孩已回到英格兰，为了养家他没法给自己购置竞技级小马，纵然如此，他仍旧对赛马运动保持着浓厚的兴趣；他还是个网球高手，另外桥牌也打得像模像样，肯定比普通爱好者要厉害得多。周围同僚大都会被权力冲昏头脑，却很少见他受到影响，反倒是比较低调，甚至拒绝随波逐流，或靠仗势欺人解决纷争；夜晚去俱乐部消遣，他始终朝朋友笑脸相迎，行为举止更没有半点矫揉造作。但他并未忘记“不列颠国王陛下的领事”这个身份，我十分钦佩他的本领，往往不用表现得傲慢狂妄，竟能像润物细无声的春雨一般，悄然维持住那在他看来，理应合乎所处地位的必要尊严。简言之，他通情练达，诚可谓名副其实的正人君子。他谈吐文雅，资质却很平庸，没什么特别痴迷之物，不过他胜在爱好广泛，对寻常消遣均有所涉猎。他极具幽默感，喜欢讲笑话，说起故事来也绘声绘色，悬念迭出。他和发妻关系融洽，家庭内部充满了欢乐幸福的气息。他的儿子就读于恰特豪斯公学，他指着相片给我看，上面的帅小伙身姿挺拔，穿法兰绒衣裤，还有张坦诚可爱的笑脸。随后，他又展示女儿的玉照，兴致勃勃地要介绍我认识。那些在华工作的外籍官员，大概都得经历这样的人生悲剧，即碍于艰难的时局，无法同家眷团聚，彼此既远隔重洋，到头来就只能长期两地分居；而罗伯特·韦布当然难以幸免，中国爆发的战争，导致交通陷入瘫痪，他已有整整八年没见过妻子儿女了。此前夫人抓住机遇，已独自带着孩童抵达英国老家，彼时小儿子不过八岁，大点的女儿也才刚满十一。他们曾打算观望一阵，因为很快该轮到他休假，如此大家便可同期回国。但他值守的区域环境复杂，并不利于小朋友健康成长，夫妻俩考虑再三，最后决定眼下赶紧让孩子跟母亲先走。他随后只需多待三年就能返乡，及至那个阶段，他将有一年的假期陪伴在家人左右。岂料事与愿违，三年很快过去，但随之而来的革命撕裂了中华大地，各处领事馆员工都严重短缺，在这种节骨眼上他无论如何也不可能擅离职守。另一方面，妻子亦不愿把小孩交给别人照顾，何况来中国的旅途不仅异常艰苦，而且安全还得不到有效保障，再说谁也没聊到战争会持续这么久，在种种因素的综合作用下，望洋兴叹的日子就这样一年年地流逝了。

“我上次见到女儿时，她还是个小不点，”他边说边给我瞧照片，“现在她竟成了别人的老婆。”

“你几时准备离开，好回国去度假呢？”我问他。

“哦，我不走，妻子正在过来的路上。”

“可是，难道你不想看女儿吗？”我接着问。

他又瞥一眼手里的相片，随即眼角上扬，立刻望向别的地方。他脸色沉了下来，显得颇为奇怪，我猜似乎是有点儿怒不可遏，他然后回答：

“我已离开家乡太久，如今想必再也回不去了。”

我兀自靠向椅背，不住地猛抽烟斗。眼前的照片中，是个十九岁的漂亮姑娘，留波浪卷短发，双眸圆睁，闪烁着碧蓝的光彩。她面容姣好，仪态大方，周身上下透出亲切的善意，但最明显的当属那特别魅惑的表情。鲍勃·韦布的女儿充满活力，风情万种，堪称天生尤物。我喜欢青年烂漫不羁，像这般奔放的气质实在非常迷人。

“照片是她随信寄来的，当时真让我无比吃惊，”他顿了顿，继续说道，“以前我总觉得她长不大。如今即使在街上相遇，恐怕我也不认识她了。”

他勉强挤出一丝笑容，自嘲的神色分明有些生硬。

“这不公平……她小时候老缠着我，知道我宠她，所以就爱朝我撒娇要我抱。”

他直直地盯着照片看了许久。我似乎觉察到，他情绪越来越激动，目光中竟有几分莫名的伤感。

“简直不敢相信，照片上那个是我的女儿。我还以为，她会陪母亲一起回来，谁知她写信说自己已经订婚了。”

他话音未落，再次别过脸去，只见他的嘴角往下耷拉着，仿佛十分困窘，又好像怎么也道不尽心头的愁苦。

“我想这种时候，人难免会变得自私。我火冒三丈，同时又难受极了，不过她结婚当日，我坚持叫来所有好朋友，举办了一场丰盛的宴会表示庆祝，最后杯盘狼藉，大家都喝得昏天黑地。”

他不好意思地笑了笑。

“我别无选择，你知道，女儿新婚是喜事，肯定要请客的，”他局促地解释道，“那段日子我着实不太好受。”

“话说回来，娶她的小伙子怎么样？”我问。

“你是不知道，她有多爱那家伙！她给我写信，字里行间说的全是他，此外就没多少别的消息。”他怪异地颤着音调回答，“真是没天理，你说我含辛茹苦将女儿抚养成人，给她良好的教育，捧她在手心，赋予她全部的爱意，诸如此类的奉献不胜枚举，结果倒便宜了某个从未谋面的毛头小子。我也有他的照片，但记不清放哪儿了。要我说，我才不愿管他的破事呢。”

他神情萎靡，又灌下一杯威士忌酒。从外表看，他好像迅速变得苍老，浑身亦开始浮肿，并且很长时间都没有说话。随后他猛然发声，似乎决定要振作起来。

“噢，感谢上帝，她母亲很快就该到了。”

我思来想去，还是觉得他这人有点儿不太正常。

45 老前辈

他已经到了七十六岁高龄。想当初，他作为帆船上的二副抵达中国，彼时只能算个半大不小的孩子，从那以后他就再也没返回家乡。接着他努力站稳脚跟，靠做多种营生养活了自己。他曾有好些年从事河运，竟日驾驶一艘中国舢板，来往于上海和宜昌之间。正因如此，他很熟悉壮阔的长江水道，对其中各处恐怖的险滩都了然在心。他也赶赴香港揽活，负责操控拖轮顺利进出海湾，他还一度应召入伍，尾随拼凑而成的“常胜军”[1]，兴冲冲地跑去镇压太平天国武装。待得拳乱肆虐之际，他则巧取豪夺，设法侵占下大批赃物。他继而转投汉口安居，谁知却遭遇了辛亥革命的炮火。他总共结过三次婚，起先娶的是日本妇人，再者找了名中国姑娘，最后将近年过半百，又同某英国女士喜结连理。随着三任妻子纷纷离世，目前他仅对那日本太太记忆犹新，甚至可以说是念念不忘。他会告诉你，她该有多么精通花道，夫妻俩在上海的别院，常散发出阵阵东方韵味，而这种独特的视觉效果，往往得益于她恰到好处的点

1　清政府招募并用来镇压太平天国的外国武装。

缀，如花瓶里斜插着单朵秋菊，或者角落边绽放的满枝春樱；另外他亦总会想起，彼此端坐品茗时，她双手轻托茶盏的柔美模样。他曾养育了不少儿女，但对哪个都无法提起兴趣。他们足迹遍布中国沿海，不在各口岸的银行上班，就是供职于航运管理部门，反正两代人很难抽空相聚片刻。他唯一的千金为英国太太所生，从小到大很受父亲宠爱，堪称他的骄傲，但觅得良缘以后，她便决意远走英国。可想而知，他这辈子恐怕再也见不着闺女了。如今常陪伴左右的，仅剩下个管事听差，他俩感情甚笃，彼此已携手经历四十五载光阴。这位中国仆从同样年迈，肯定有六十好几，矮小的身材干瘪瘦弱，头发早就掉光了，行动也慢慢吞吞，还老是气鼓鼓地板着张脸。主仆皆比较固执，又无法说服对方，所以他们成天吵个不停。洋大人责备听差效率太低，并威胁说要解雇他；而老听差则立马反唇相讥，表示自己厌烦透顶，根本懒得去服侍疯疯癫癫的洋鬼子。但他们心知肚明，其实彼此没讲过一句正经话。这么多年摸爬滚打，两人已结下深厚的情谊，何况大家都是快入土的老朽，恐怕只能继续相依为命直到了此残生。

及至同英国女士再婚，他索性退休登岸，把毕生积蓄都拿出来，投资开办了一家旅馆。可生意毕竟难做，加之经营有亏，很快便以失败告终。彼处离上海本不远，堪称消暑胜地，当时中国还没出现汽车，因而探访者较少，尚未形成足够的规模。他热爱交际，得空就跑去吧台闲聊，此外又很豪爽，请朋友喝酒几乎能赶上卖出去的数量。他另具怪癖一桩，喜欢往浴室里吐痰，这倒让过分挑剔的客人纷纷侧目。待第三任太太辞世，他猛然发觉严重缺乏资金，多亏妻子生前勉力维系，已成空壳的家业才不至迅速坍圮。但好景往往短暂，须臾间情况遂急转直下，他无力挽大厦于将倾，随即深陷债务的泥沼。为购置房产，他挥霍掉了全副身家，如今唯有将其做长期抵押，以便弥补经年累积的赤字。他绞尽脑汁，尝试寻求其他解除危机的途径，最终被逼无奈，只能把旅馆转售给日本的富商。那会儿他六十八岁，怀里揣着钞票，赶忙去清偿欠款，等他悉数还完，袋中已不剩分毫。感谢上帝，要知道天无绝人之路，诸位别忘了他可是个水手。某家船舶公司听闻此事，请他出任首席督办之职（他没有资格证，故做不了船长），主要负责监管长江上游各路航运，于是他重新做回本行，再次同无比熟悉的大河打起交道。他工作兢兢业业，就这样在同一条船上度过了八重寒暑。

这艘帆船经由其悉心照料，体量虽不及泰晤士河上的轻型汽轮，却也整饬得井井有条，处处彰显美观大方的风貌。他正伫立于小艇驾驶台前，身形挺拔而瘦削，仍未失去年轻时激越昂扬的斗志。他七十六岁，白发苍苍，真可谓垂垂老矣；但他一丝不苟，穿簇新蓝色制服，山羊胡须梳理妥当，头顶还随意斜扣着公司便帽。在周围中国领航员的注视下，只见他高抬颈项，双手平举望远镜，神情十分专注，原来航道曲折，他需要时时查看前方广阔的流域。此刻，远处出现了若干后端高耸的舢板。它们首尾相接，横帆紧绷，借水势破浪而行，未几已迅速赶至附近。你甚至能分辨摇橹的船工，听到木材嘎吱作响，还有那绵延不绝、单调却极富节奏的号声。残阳西坠，江面平滑如镜，泛黄的河水分外迷人，隐约闪现有清淡柔和的光彩；白日里暑热难耐，往往又水汽迷蒙，所以即使沿岸地势低洼，也无法将景物看个真切；傍晚则不然，那些杂乱遍布的农舍和树林，皆映衬着灰白天幕，仿佛演皮影戏一般，逐渐勾勒形成鲜明生动的轮廓。耳畔忽闻野禽嘶鸣，他举目四顾，远远瞥见半空中呈人字的雁阵，不觉出神半晌，很想知道它们长途迁徙，如此决绝究竟要飞往何方。背向落日余晖的尽头，某座孤寂的山冈拔地而起，最高处则夹杂着数间精舍与禅房。这些景致他曾多次目睹，大概是受其影响，某种奇怪的思绪油然而生。晚霞愈发昏暗，他莫名回忆起悠悠往事，感叹韶华如斯，倏忽间已至暮年。但他懂得知足，内心绝无半点遗憾。

“老天垂怜，”他喃喃自语，“我这辈子总算没白活呀。”

46
旷野

就其本身来说，此事当然无足轻重，并且很快能解释清楚；但我着实感到讶异，自己竟沦为观念的附庸，以致彻底蒙蔽了双眸，对理性世界的存在统统视而不见。常言道爱屋及乌，人们尤喜举一反三，产生丰富的联想，我却惊惧地发现，这样做易受思维定式摆布，待得越陷越深便终究再难回头。我曾艰苦跋涉，连续几日都盘桓于山野中间，某天忽觉胜算颇高，认定大片旷野应该近在眼前，彼处有座历史悠久的古城，是我心心念念打算拜访的地方；可必须得承认，我早晨准备出发那阵子，尚未看出它已离我不远。诚然，周遭群峰依旧耸峙，每回我爬至崖顶，寻思着谷地将由脚下展开，遂举目四顾，左右皆乱石嶙峋，迎面唯独显露另一处更加险峻的危岩。我复而埋首，打起精神稳步攀登，偶尔抬头，还能瞧见那白晃晃的山道。它沐浴阳光十分醒目，沿途一直为我指引方向；它持续不断地往前延伸，绕行至崎岖的黄褐色丘陵之脊。朝西边望去，碧蓝的晴空飘浮着片片云朵，它们小巧细碎，就像夜幕降临时，停泊于邓杰内斯[1]

1　位于英国肯特郡最南端。

海岸附近的渔船。我咬紧牙关，拼命迈动两腿，随着位置提升，愈发留意山背面的状况；我期待柳暗花明那一刻，彼时久寻不遇的旷野，若没在这条弯道旁现身，则必定藏匿于下个拐角。直到最后，我正出神考虑别事，却突感豁然开朗，冷不防就撞见了它。这幕场景虽映入眼帘，脑海里被唤醒的，却远非中国特色之风物，既没有旌表忠孝的牌坊和美轮美奂的寺庙，也缺乏竹林掩映的农舍与水波荡漾的水田，更不用说无数汇聚路侧的客栈酒馆，以及店铺前后那些粗壮的巨榕，即便它们纷纷结起浓厚树荫，正适合让疲劳的苦力卸下重担，惬意地打个盹好快点恢复体能。我仿佛置身莱茵河流域，目力所及，全是宽广无垠的深谷，长日将尽，火红的余晖洒满大江内外，顿时把山间旷野染成了遍地金黄，而莱茵河在层层沟壑的拱卫下，就好似一条白练，它穿梭其中，百转千回始终奔腾不息，更远处，则隐约可见沃尔姆斯[1]的几座塔楼。这是我少时极目远眺的旷野，当年我刚到海德堡[2]留学，某次心血来潮，奋力爬上古城背后的高冈，在冷杉密林中徘徊许久，直至误打误撞闯入一小片空地，从那儿俯瞰莱茵河谷，沿岸绝景尽收眼底，给我留下了难以磨灭的印象。本人何其有幸，曾负笈适彼乐土，未尝熟习课业，便得以初探美之奥秘。我旅居他乡，才领悟知识宝贵，遂感壮怀激烈，竟日如饥似渴地博览群书（读罢掩卷自忖，实际上每册著作，都像经历过非凡的冒险）；我开始热衷交际，尤喜呼朋引伴，与三五好友谈笑风生（哦，我们这帮小伙子，说起那些无比寻常的俏皮话，往往总要故作姿态，流露出发现新大陆般的惊喜）；我亦爱迎着晨光，去安拉吉街散步，几圈走

1　沃尔姆斯（Worms），德国西部城市。
2　海德堡（Heidelberg），德国西南部城市，有著名的海德堡大学。

下来，往往肚腹空空、满头冒汗。当时青春如我，就算再怎么节衣缩食，也可趁恢复精神的机会，堂皇地喝杯咖啡再吃几块蛋糕，夜幕降临之际，若想歇息片刻，最佳地点便在古堡的平台，我脚下的老城区，已是万家灯火，鳞次栉比的屋宇上方，还悬着薄薄一层蓝色的烟雾，多少风流名士，皆对这小镇趋之若鹜，歌德、海涅、贝多芬和瓦格纳，当然别忘了施特劳斯。（怎么能缺圆舞曲呢？）那儿有的是露天啤酒屋，你落座聆听乐队演奏，或干脆望向广场人群，观看娴静出游的黄辫子姑娘。这些回忆实在过于真切，只需稍微动动念头，就恍若身临其境，所以自我回国以后，"旷野"便不仅意指任何平原，尤其是莱茵河谷地，而且还同幸福产生了联系。在我的意识深处，唯有落日下的旷野，能真正代表幸福的全部含义：金黄的大地一望无际，某条银光闪烁的溪水奔流其间，仿佛生命之河般悦目，又像是引导你勇往直前的理想，而极远的地平线上，则隐约显出某座古城灰白塔楼的轮廓。

47
失败者

他个头不高，体形偏胖，戴着顶边缘奇宽的古怪草帽，俨然像是住在丛林中的流浪汉。他外面套一件毛呢夹克，与里奇[1]画中的水手无异，下身则穿松垮垮的斜格纹长裤，其剪裁土气得要命，估计属于很久以前流行过的款式。当他脱帽致意时，你便能看见那柔顺卷曲的秀发，虽然他快接近花甲之年，却满头几乎找不到一丝花白的痕迹。他五官端正，线条分明，衬衫的领口貌似大出几码，因而结实的脖颈全都显露了出来。他姿容威武雄壮，假使回到19世纪60年代，简直堪比热门悲剧里的罗马皇帝一角，而这种老派演员的腔调，通过其深沉有力的嗓音，则更是展现得淋漓尽致。可他毕竟又矮又肥，看起来同树桩似的，相较之下反倒给那美妙的声色，再增添上几分荒唐的意味。你不禁开始联想，仿佛听见他用中气十足的口吻，嘹亮地吟诵谢里丹·诺尔斯[2]的无韵体诗篇，他舌灿莲花、抑扬顿挫，惹得台前观众沉醉不已，有些甚至已亢奋到了迷乱

1 约翰·里奇（John Leech, 1817—1864），英国插图画家。

2 詹姆斯·谢里丹·诺尔斯（James Sheridan Knowles, 1784—1862），英国诗人、剧作家。

的边缘。恍惚间，你耳畔忽又响起问好的语句，原来此人正在朝你打招呼，但他行动太过浮夸，你难免忍不住琢磨，若能在1860年的剧场，目睹他充满张力的表演，自己定会对痛失爱子的那幕肝肠寸断，只因他极力压制住哀伤，兀自靠浑厚的低鸣，颤抖着声线，激动地唱出了缠绕在你心头的悲歌。往后无需多少时日，他还真的大大咧咧装作理查三世，惟妙惟肖地向中国仆从喊道："我的靴子，小鬼，我的靴子，拿一个王国换我的靴子。"[1]如你恰好有所留意，相信绝对要为此拍案叫绝。他也不怕丢脸，当即便承认自己天赋异禀，的确本该去从事演艺事业。

"生存还是毁灭，这曾是值得考虑的问题，可就怪我的家庭，我的家庭，亲爱的伙计，他们受不了我当演员，说不定还将蒙羞至死，于是我只好屈服，苦苦忍受着命运的暴虐的毒箭。"[2]

长话短说，他以品茶师的身份抵达中国，岂料事不凑巧，恰逢锡兰茶园发展迅猛，其产品物美价廉，在全球市场上异军突起，备受各方赞誉，大有行将取代中国同类茶叶的势头。久而久之，来华开展茶叶贸易的商人，已无法像以往一样，短短几年工夫就发家致富。纵然如此，昔日豪奢的习惯却延续至今，那些洋行老板的生活照旧十分铺张，完全不顾自己衣袋空空，根本负担不起这样大手大脚的挥霍与浪费。可想而知，随着经济条件每况愈下，维持收支平衡也逐渐变得愈加艰难。中日甲午战争终究未能避免，中国惨遭失败，被迫割让台湾岛，给大陆制茶业造成毁灭性打击，结果一切都完了。品茶师亦难逃破产厄运，无奈之下只好另寻他路混口饭吃。

1　这句话是对莎士比亚剧作《理查三世》中著名台词的戏仿。
2　这句话是对莎士比亚剧作《哈姆雷特》中著名独白的戏仿。

他游走于各行各业，陆续做过红酒贩子、承包商、房产中介、代理者和拍卖会的主持人。他思维相当活跃，甚至一度锲而不舍，尝试抓住所有想得到的赚钱机会，但附近的交通港毕竟日益式微，最后他的种种努力，竟悉数成为镜花水月般的泡影。日子一天天消逝，生活的重负压得他喘不过气来，现今则难免穷困潦倒，脸上露出可怜兮兮的神态。他如此颓唐，简直教人感觉有点儿心酸，瞧他那副模样，活像风华不再的老妇，虽坚信美貌尚存，但仍显犹豫不决，故执意去谋求虚假的赞赏，就算并非源于真情，也好权作宽怀自己的良药。尽管他落魄到这番光景，却始终固守着几许慰藉：他还持有一份保险，其数额很可观，方便走投无路时应急。他非常清楚，自己是个彻头彻尾的失败者，但观念上并没受到太大影响，因为他仅仅输给了命运而已：他信心十足，总认为本领高超，从未对这点产生过丝毫疑虑。

48
戏剧学家

他差人送来一张整洁的拜帖，纸片大小美观，剪裁得体，四周装饰有浓重的黑色线框，姓名下面印着“现代比较文学教授”的字样。见面时才发现，这原来是名年轻后生，个子不高，双手纤细雅致，戴副金边眼镜，鼻子较普通中国人要大几圈。尽管天气炎热，他却一袭正装，穿了套厚实的粗花呢西服。他稍显腼腆，说话语调高亢而尖利，像用假声演唱似的，就如同他青春期从未变化音色，反正给我留下某种很难说清楚的感觉，仿佛彼此间交流是件虚无缥缈的事情。他曾远赴海外留学，遍游日内瓦、巴黎、柏林和维也纳，因而英语、法语及德语都讲得极好，并能随意切换、明白晓畅地表达自己的思想。

经过介绍，我得知他专门教授戏剧类课程，最近还用法文写了一部探讨中国曲艺的著作。他在外研究数年，结果异常推崇斯克里布[1]的剧本，甚至提出相关建议，认为中国话剧若想重获新生，就非得把斯克里布当成改革的榜样不可。他针砭时弊，积极主张戏剧

1　尤金・斯克里布（Eugène Scribe，1791—1861），法国剧作家。

应富于表现力，须使观众感受到澎湃的激情。听了这番言论，你可能会觉得有点奇怪，实际上他强烈呼吁的做法，无非包括精彩的剧本、动人的场景、合理的分幕、出乎意料的情节、紧扣心弦的冲突等基本要素。中国传统戏曲源远流长，多采取精妙的象征性手段，堪称我们孜孜以求的观念型戏剧；不过时至今日，这种古老的舞台艺术却因其单调古板，正面临着被淘汰出局的厄运。无可否认，观念来自耐心的培养熏陶，绝非像路边野醋栗一般随处可见，倒是需要常改常新，倍加呵护，这样才能永葆生机，从而焕发持久的生命光彩。反言之，那些沉闷腐坏的旧规陋俗，则好比臭气熏天的烂鱼，简直与我们这个瞬息万变的时代格格不入。

随后我记起那卡片上的头衔，遂向这位朋友请教，想知道他会给学生推荐何种英文或法文图书，以便对当今文学动态有所了解。他迟疑了片刻。

“说实话，我不太清楚，”他终于开口，“你看，那并非鄙人的学术领域，我把全部精力都用在研究戏剧上了。不过若你对此感兴趣，我可以去问问讲授欧洲小说的同事，请他抽空亲自来拜访你。”

“不必麻烦，你实在太客气。”我说。

“你读过《梅毒患者》吗？”他问，“依本人愚见，这出戏构思巧妙，情节曲折，称得上继斯克里布之后，欧洲大陆最具代表性的杰作。”

“你是这么想的？”我礼貌地搭话。

“没错，正是如此。你要知道，我们的学生无论男女，都对社会问题非常感兴趣。”

很遗憾，我无意深究此类论争，于是极力岔开话题，不动声色地将重点转到中国哲学上来，对此我倒是稍有涉猎。言谈之间，我提及庄子这位圣贤，可教授却惊愕得张大了嘴巴。

“他生活的时代，距今未免过于遥远了吧。”他说道，满脸困惑的神态。

“亚里士多德不也是如此吗。”我和悦地低声回答。

“那些哲学家，我从未研究过，所以见识很浅薄，”他兀自接口，“然而话又说回来，我们大学堂里有位中国哲学教授，假如你感兴趣，我也可以请他在方便的时候登门拜访。”

同这样一位学究争论半天，毕竟毫无益处，如此情景活像是海神（在我想来有些自命不凡）与河神间的对谈，我干脆接受命运的安排，开始和他就戏剧问题展开讨论。教授告诉我，他非常关注创作技巧，正打算以此为题，实实在在地开设一系列讲座课程。显然，他觉得这方面的研讨既复杂又艰深，所以值得理清思路，认真仔细地进行分析与总结。他很看得起我，一个劲地要我说说写剧本到底有什么秘诀。

“我只知道两点，”我回答，“一是务求合乎常理，二是始终紧扣主题。”

“创作一个好剧本，难道无须掌握别的要领吗？”他随即发问，语调略带几分沮丧。

“当然喽，你得善于总结，找出其中的窍门，”我坦然承认，“但这没什么难度，同练习打台球差不多。”

“美国那些著名大学，无一例外都在讲授戏剧技巧。”他说。

“别忘了，美国人极其重视成效，”我回答，“我相信，如果有必要的话，哈佛大学甚至愿设立教席，请老师来指导老奶奶，好让她们学会用正确的姿势吮吸鸡蛋。”

“我不太明白你的意思。”

“无法创作出好剧本，那是你自己的事情，没人能够教你该怎么做；相同的道理，有时你也会无师自通，轻易便达到目的，就好像砍伐一段木材那样简单。”

我话音刚落，他的脸庞立马浮现更加迷茫的表情，但我猜想，那仅仅是因为他拿不定主意，很难判断伐木这种操作，究竟属于物理学教授的实践领域，抑或可归入应用力学教授的研究范畴。

“照你所说，写剧本的确毫无难度，然而能否解释一下，为何剧作家推陈出新，往往需要花费很长时间呢？”

“这你就弄错了，其实用不了太久。从洛卜·德·维加[1]到威廉·莎士比亚，更别说其他数以百计的戏剧大师，他们落笔皆洋洋洒洒，很快便创作出了海量的优秀剧集。某些个现代编剧，甚至连字母都没认全，可想而知，要他们把两句话衔接起来有多困难，几乎算得上是不可能完成的任务。我认识一位人气颇高的英国剧作家，他曾拿给我看一页手稿，上面涂涂抹抹，经过五次修改才完整写好如下问句：你需要给茶加点糖吗？从总体上看，假使小说家无法做到言简意赅，反而动不动喜欢兜圈子，那么他的职业生涯，多半已逐渐趋于油尽灯枯。”

“你总不会将易卜生[2]唤作文盲吧，可谁也无法否认，他每写一部戏，通常要耗去两年的光景。”

“显然，易卜生在构思场景时曾遭遇巨大的阻碍。他苦思冥想，日子一个月接着一个月地过去，最后还是绝望了，只好换成以前早就使用过的陈旧情节。”

1　洛卜·德·维加（Félix Lope de Vega y Carpio, 1562—1635），西班牙文艺复兴时期剧作家。

2　亨利克·易卜生（Henrik Ibsen, 1828—1906），挪威剧作家、诗人。

“你这话是什么意思？”教授愤愤不平地高喊，音调十分尖厉，听上去仿佛提高了八度，“你说的我根本不懂。”

“难道你未曾留意，易卜生的戏反反复复全是同一个套路？有群房客住在某间屋子，里面既封闭又闷热，接着别的什么人走进来（要么刚下山，要么才靠岸）。他猛地推开窗户，冷风呼啸而入，吹得大家头脑发昏，纷纷患上了感冒。幕布遂骤然降落，全剧终。”

我忽而觉察到，教授古板的嘴角周围，竟隐约闪过一丝短暂的笑意，但他马上又皱起眉头，若有所思地呆呆凝视了两三分钟。紧接着，他起身准备告辞。

“我会记住你的观点，回去再把亨利克·易卜生的作品仔细研读一遍。”他说。

待对方就要离开之际，我不忘向他提最后一个问题，想必任何严肃的戏剧学者，每次碰见同行时都会这样做。换句话说，出于职业习惯，我问道，关于戏剧的未来他有什么想法。我猜想他回了句“哦，见鬼”，但转念又觉得不太对，他的确较为愤慨，但也有可能说的是法语，意为“噢，天哪”，[1]无论如何，他叹气摇头，摊开那双优雅的手，一副失落沮丧的模样。原来无论在中国或者英国，有思想的人其实相差无几，他们都认为，两地的戏剧现状堪称无可救药，这“英雄所见略同”的奇遇，于我而言当然算得上是种安慰。

1　英文中的“哦，见鬼”(oh, hell)，同法语中的“噢，天哪”（ôciel）发音相近。

49
大班

他比任何人都明白，自己算是个大人物了。他在中国最重要的一家英国商行工作，担任最大分行的一把手。他可是靠真才实学才坐上今天这个位置的。回想三十年前，自己远涉重洋来到中国，只是一个愣头愣脑的小职员，他忍不住暗自得意。他出生在巴恩斯郊区的一个贫寒家庭，那长长的一排红砖陋屋中就有他们家的房舍。这些房子建造时本想跻身上流社区，最后却显露出一副忧郁的寒碜样。再看看眼下这幢恢宏气派的石头大厦，阳台是那么宽大，房间是那么宽敞。这里既是他的商行办公大楼，也是他的个人寓所。回首往事，真是今非昔比，他踌躇满志地笑了起来。从过去到如今，他一路走来，也算是历尽艰辛。他又回想起当年放学回家（他当时就读圣保罗学校）后，与父母，还有两个妹妹，坐在餐桌边喝茶吃饭的光景。他们全家就着一片冷肉，吃着一大堆黄油面包，喝着浓重的奶茶，每一个人都得自己动手。比比眼下自己吃晚饭时的场景，真是有天壤之别啊。无论是独自用餐，还是与他人共进晚宴，他都要穿上正式的晚礼服，餐桌旁还会有三个仆人伺候着。一号仆人对他的口味偏好了如指掌。家务琐事也根本用不着他去操心。每顿晚餐，他都要摆上满满一桌的饭菜，从主菜、烤肉到甜点、开胃品，一应俱全。因此，只要他愿意，他可以随时发出邀请，在寓所内大宴宾客。他对美食情有独钟。要是独自用餐时就简单了事，宴请宾朋时才大摆筵席，那可不是他乐于见到的行事风格。

他在海外闯荡多年，早已出人头地，因此他对重归故里毫无兴趣。他有十年的光景没有回过英国了。他总喜欢去日本或温哥华度假，那儿肯定能见到来自中国口岸的故旧老友。而他在国内谁也不认识了。他的两位妹妹都已嫁作人妻，她们的丈夫都是职员，儿子也是职员。他与这两门亲戚少有往来，他们也让自己不胜其烦。每年圣诞节，他给他们寄去一块上等丝绸，或精美刺绣，或一盒茶叶，也算是表达一下兄妹间的所谓情谊吧。他可不是一个吝啬鬼。母亲在世时，他一直定时寄送赡养费。即使终有一日退休去职，他也根本无意重回英国。他亲眼看到很多人回国后的境况，心里非常清楚那样做终将以潦倒落魄而收场。他打算在上海的跑马场附近置一处房产：在打牌、遛马、打高尔夫球中悠闲地度过晚年。不过，眼下还要过很多年，他才需要考虑退休的事情呢。再有五六年，希金斯就要回国，到那时，自己就是上海总部的负责人了。目前，他对自己的现状非常满意。他可以把钱攒起来，这在上海是做不到的。此外，他的日子过得十分轻松。与上海相比，这个地方还有另外一个优点：他是这儿最显赫的人物，说出的话掷地有声，甚至领事对他也敬畏三分。曾有一次，他与领事发生了争执，可最终俯首认输的人却不是他。一想到这事，大班就翘起了他那桀骜不驯的下巴来。

他面露微笑，觉得自己心情极为舒畅。他刚刚参加完汇丰银行举办的盛大午宴，眼下正迈着轻松的步伐返回商行。他们招待宾客真是无微不至啊。午宴上吃的都是珍馐美馔，喝的都是美酒佳酿。

宴会一开始，他就喝了两杯鸡尾酒，后来又喝了点上等苏玳酒，最后还喝了两杯波尔图酒和一些优质的老白兰地。他感到神清气爽。散宴的时候，他一反常态，决定步行回家。轿夫们抬着轿子紧跟在他的身后，以备自己随时乘坐，但是他倒更愿意活动一下自己的腿脚与筋骨。这些日子以来，他的运动量明显不足。由于体形过于肥胖，他已经不能纵马驰骋了，平时很难找到机会来锻炼身体。不过，虽说体胖不能骑马，可他仍然养着几匹骏马。他信步而行，呼吸着清新芬芳的空气，心里就想到了春季的赛马会。他手里有一对混血宝马，对它们夺标寄予了厚望。他的商行有一位少年，经过几番磨炼后已经成了优秀的骑手（他必须擦亮眼睛，以防别人挖自己的墙脚，上海的老希金斯就有可能花高价把他挖走呢）。他应该设法再赢上两三场比赛。他自鸣得意地觉得自己拥有世界上最出色的马厩。此时，他就像鸽子一样挺起了肥大的胸膛。今天真是个好日子。人生在世，何其美好啊！

他走到公墓的时候停下了脚步。墓地矗立在眼前，干净整齐，英国侨团的雄厚财力由此可见一斑。每次途经公墓，他的内心都不由自主地闪过一丝自豪。他对自己身为英国人而感到心满意足。公墓眼下所在的位置，在当初兴建时一文不值。然而，随着这座城市日渐繁荣发达，这块宝地早已价值连城了。曾有人建议将坟墓迁往他处，卖掉土地来建造楼房，但是侨团明确反对。一想到亡灵能够安息在这座小岛最昂贵的土地上，大班立刻感到踌躇满志起来。这也表明他们所看重的事情早已超越了金钱。让金钱见鬼去吧！一说到“重要事情”（这是大班最爱用的口头禅），那就应该牢牢记住：金钱并非万能的！

这时，他想独自从公墓里横穿而过。他打量着这些坟墓，只见周围被保养得干净整洁，墓间小道上见不到一根杂草，真是一派盛世的景象啊。他在墓地里踽踽独行，辨认着墓碑上的姓名。这块墓碑上并排刻着三个人的名字：玛丽·巴克斯特帆船的船长、大副与二副。三个人都是在1908年的那场台风中遇难的。当时的情景依然历历在目。这儿的几座墓中埋着两个传教士，还有他们的发妻与孩子。这些人都是在义和团运动中被杀害的。真是骇人听闻的事件啊！他本人倒也没有对传教士盲信盲从，只是觉得他们竟然被这帮中国人给杀害了，真是岂有此理啊！这时，他来到了一个十字架前，上面刻着的名字他颇为熟悉。爱德华·姆洛克，他可是个好人，不过，他对这个家伙贪杯酗酒的恶习实在难以容忍。真是一个可怜虫啊，二十五岁时就因为醉酒一命呜呼了。这儿的很多人都染上了这个恶习，大班本人早已领教过了。还有好几个更加整洁的十字架，上面刻着姓名，还有各自的年龄：二十五岁、二十六岁，或二十七岁。他们的遭遇并无二致：他们漂洋过海来到中国，大发横财，一夜暴富，本来都是良善青年，但喜欢聚众狂饮，终至身体不支而丧命，眼下都埋在了这个墓地中。在中国滨海地区，只有头脑清醒，体格健壮，你才能与他人豪饮对决。当然，这样的事情说起来是很悲惨的。但是一想到自己曾与这些年轻人对饮过，并将他们送上了黄泉之路，大班情不自禁地笑了笑。死亡并非一无是处啊。他的公司里曾有一个家伙，比他资历还老，为人也很聪明。如果这个家伙还活着的话，他自己就不可能当上大班了。说真的，人的命运是多么不可预测啊。唉，这块墓冢里埋着小特纳夫人，维莱特·特纳。她曾经是多么玲珑美丽啊。他与她还有过一段风流韵事呢。当年乍一听说她香消玉殒了，自己真有肝肠寸断的感觉。他看了看墓碑上她的芳龄。要是她现在还活着，也应该是半老佳人了。

一想到所有这些亡故之人，一阵心满意足的感觉袭上心头。与这些人相比，自己的人生更胜一筹。他们早已黄土埋身，而自己却依然健在人世，说起来，自己的确是大获全胜了。他放眼望去，墓园里的丛冢尽收眼底，他不屑一顾地露出了微笑。他在自鸣得意中差点儿手舞足蹈起来。

“谁都知道我是个大人物呢。”他喃喃自语。

对于那些地下的亡魂，他并不放在眼里，可倒也没有什么恶意。他一路闲逛着，突然看见两个苦力正在挖着墓穴。他感到大为惊讶，因为他并没有听说侨团里有人去世。

“喂，你们在给谁挖墓啊？”他大声问道。

两个苦力连头也没抬，他们站在深深的墓穴中继续挖着，他们将大块大块的泥土铲了出来。尽管他在中国经商有年，但是他仍然不会说汉语。在短暂的有生之年，劳神费力地去学那该死的中文实在毫无必要。他用英语问了两个苦力正在给谁掘墓，可是他们根本听不懂自己在说什么，只是用汉语叽里咕噜地说了一通。他破口咒骂他们是无知的蠢货。他知道，布鲁姆夫人的孩子病了，也许是孩子夭折了，但如果是那样的话，他应该有所耳闻的。况且，这个墓穴不像是给孩子挖的。这是大人的墓穴，块头很大的人的墓穴。真有点不可思议啊！他真希望自己刚才没有走进墓地。他匆匆走了出去，坐上了轿子，轻松心情一扫而光。他眉头紧锁，变得忧心忡忡起来。他一回到办公室，就把二号仆人叫了过来：

“我问你，彼特斯，你知道有谁死了吗？”

但是彼特斯什么都不知道。大班感到困惑不解。他找了一个中国职员，派他去墓地问问那两个苦力。他自己坐下来签署起商务信函来。职员回来告诉他说，那两个苦力已经走了，无人可以打听。大班感到悒悒不乐：他可不喜欢的是，侨团里有什么变故，自己竟然还被蒙在了鼓里。他自己的男仆是应该知道的，他的男仆向来无所不知。他派人把他叫了回来，但是男仆并没有听说侨团里有人故世。

“我也没听说有人去世啊，”大班恼怒地说道，“可是那块墓穴是给谁挖的啊？”

他让男仆去找墓地的看守把事情搞清楚，既然谁都没死，那墓穴究竟是给谁挖的。

“你走之前，给我拿一杯威士忌和苏打水来。”男仆正要离开房间时，他又加了一句。

他不知道自己为什么看到这个墓穴时感到心神不宁。不过，他一直想把这事从脑海中淡忘掉。喝完威士忌后，他觉得心情畅快多了。他做完手头的工作，上了楼，拿起一本《笨拙》画报翻了起来。几分钟后，他就要去俱乐部打上一两圈桥牌，然后回家吃晚饭。不过为了让自己安心，动身之前他还是想听听男仆怎么说。他在等待着男仆的归来。过了一会儿，男仆回来了，把墓地的看守也一道带了过来。

“你们在墓地里挖墓干什么呀？”他指着看守问道，“谁也没死啊。”

“我没让人挖过墓。”那人回答。

“你说这话是什么意思？今天下午，有两个苦力在掘墓啊。”

这两个中国人面面相觑。这时，男仆说，他们俩一道去了墓地。那儿没有新挖的墓穴。

大班正想说什么，自己却止住了话头。

“真是活见鬼了，我可是亲眼看见的。”这句话本来已经到了嘴边，但最后还是给咽了回去。因为把要说的话硬给憋了回去，他满脸涨得通红。有一会儿，他感到透不过气来。

“算了吧。给我滚。”他喘过一口气后说道。

不过，两人刚一离开，他又大声叫住了男仆。男仆回来后，他面色阴郁地让他拿一些威士忌来。他用手帕擦了擦脸上的汗水。他端起酒杯的时候，手微微颤抖着。他们想怎么说就怎么说吧，反正自己是亲眼看见那个墓穴的。嗯，他依然能听见那两个苦力将泥块铲到外面时发出的沉闷的咕咚声。这究竟意味着什么呢？他能感觉到自己心慌意乱。他莫名其妙地局促不安起来。不过，他还是努力让自己镇静了下来。真没有必要去胡思乱想。如果那儿没有墓穴的话，那一定是自己产生了幻觉。眼下最好还是去一趟俱乐部。要是在那儿遇到医生，还可以请他给自己诊治一下。

俱乐部里的每一个人都像从前一样。他也搞不清楚，自己为什么希望他们能一反常态。要是那样的话，自己就能心安理得了。这么多年来，这些人侨居海外，过着有条不紊的生活，养成了许多很不起眼的怪癖——有的人打桥牌时喜欢哼着小曲，有的人总是拿根吸管喝着啤酒——这些琐事曾一度让他大为光火，眼下却给他带来了某种安全感。他需要安全感，因为他的脑子里仍然摆脱不了自己亲眼看到的景象。他的桥牌打得一塌糊涂，而对家的埋怨指责惹得他不胜恼怒。他觉得这些人都在用怪异的目光看着自己。他很纳闷，难道他们从自己身上看到了什么反常的东西了吗？

他突然觉得，待在俱乐部里真让自己感到难受。他走出桥牌室，看见医生正在阅览室里读着《泰晤士报》，可是他并没有上前打个招呼。他想亲眼看看墓地里究竟有没有那个新挖的墓穴。他坐进了轿子，让轿夫们抬着自己赶向墓地。你是不可能两次遇见同一个幻觉的，是不是？此外，他还要带上墓地看守一起去。如果没有墓穴的话，自己就看不见。如果那儿有墓穴的话，他就要把那个看守狠狠地抽上一顿。可是看守竟然找不到了，这家伙不知去哪儿了，还把墓园的钥匙给带走了。大班发现自己进不了墓地，这时却突然觉得浑身乏力。他回到轿子上，让轿夫们抬着他回家。他想躺上半个小时，然后再吃晚饭。他疲倦极了，确实疲惫不堪。他听人说过，人疲劳的时候很容易产生幻觉。男仆走进卧室让他更换礼服，他颇感吃力地爬了起来。这一次他很不想在晚餐前穿上礼服，但最后还是穿了。每顿晚餐都要身穿礼服，这已经被立为规矩。二十年来他坚持不懈，从未破例过一次。晚餐时，他要了一瓶香槟酒，喝完后感到畅快多了。后来，他又让男仆把最好的白兰地拿来。他喝了两杯白兰地后，觉得精神焕发。让幻觉见鬼去吧！他来到台球房，练了几个难度较大的动作。他的眼睛依然那么精准，说明他的身体根本没有什么大碍。他上床后，很快就呼呼大睡起来。

不过，他却突然从梦中惊醒过来。他又梦见了那个敞开的墓穴。两个苦力正在悠闲自在地挖着。他可以肯定自己梦见了他们。说起来真是荒唐，自己亲眼看见的事情竟然是一个幻觉。这时，他听见了更夫巡夜时的打更声。刺耳的更声打破了夜晚的寂静，把他吓得魂不附体。这时，他的内心充满了恐惧。在这座中国城市里，蜿蜒曲折的大街小巷让他感到恐惧。寺庙里龇牙咧嘴、凶神恶煞般的魔鬼塑像，还有那缠绕回环的寺庙屋顶，都令他毛骨悚然，不寒而栗。各种臭味钻入他的鼻孔，让他深恶痛绝。他对这些中国人也深恶痛绝起来。他厌恶这些形形色色的中国人——那些穿着蓝衣粗布的苦力，那些污秽不堪的乞丐，还有那些商人和官员，身穿黑色的长袍，油头滑脑，满脸堆笑，一副居心叵测的样子。这些人都充满威胁地朝他压了过来。他憎恨这个国家——中国。他当初怎么会来中国呢？这时，他的内心惊恐万状。他必须离开中国。他再也不想多待一年，哪怕一个月了。上海又算得了什么呢？

“啊，上帝，”他大叫，“要是能平安地回到英国，那该多好啊！”

他想要回家。他就是死，也要让自己死在英国。他可不想与这些斜眼歪脸的黄种人埋在一起。他希望自己能埋在故土，而不是埋在那天看见的墓穴中。埋在那儿，他将永远得不到安息的。永远得不到！至于别人怎么想，那又有什么关系呢？他们爱怎么想就怎么想吧。唯一重要的事情就是：一旦找到机会，就一定要回国。

他翻身起床，给商行老板写信，告诉他自己已重病缠身，他的职位必须找人来接替。无论如何，他再也不想待下去了，他必须立刻回国。

第二天早上，人们发现了这封信。信紧紧地攥在大班的手中。他跌倒在桌椅之间的地面上，早已气断身亡。

50
轮回

他的衣着优雅得体，但是离华丽阔气还差得很远。他的头上戴着黑色丝绸小圆帽，脚上穿着黑色丝绒鞋，全身一袭淡绿色刺绣长袍，那长袍是用嘉定产的丝绸面料做成的，他的上身还衬着一件黑色短棉袄。他是一位中国老者，一张方形脸轮廓分明，布满皱纹，银白色的虬髯既长且密，慈眉善目，一副宽大牛角眼镜遮不住和善的眼神。他满脸透着一位智者的神情，就像你在中国古代名画中看到的圣贤，端坐在高山深谷之中，茂林修竹之畔，冥思苦想着永生之道。不过此时此刻，他的神色相当恼怒，蹙眉不悦，和颜尽失。他在做着一件与外表很不相称的怪事：在水稻田的土埂上溜着一头小黑猪。这头小黑猪四下乱跑，忽东忽西，就是不听这位老先生的使唤。老先生死命拉扯着拴在小黑猪身上的绳子，但是小黑猪嗷嗷大叫，拒绝听命。他对这头小黑猪时而循循善诱，时而恶语斥骂，但小黑猪最后索性瘫坐在地面上，冷眼相觑，恶意满满。此时此刻我恍然有悟：远在唐朝，这位年高德劭的士绅或许是个哲学家吧，干着哲学家们常干的事情，摆弄着事实真相来佐证自己的奇思怪想，并称之为“理论”；眼下，在经受无数次人世轮回后，他又反过来遭受着事实真相的顽固暴政之苦，为曾经摆弄过的事实真相正自赎其罪呢。

51
残片

倘若你周游中国，我想，最令人叹为观止之事莫过于中国人对装点与修饰的热衷和偏爱了。你观摩牌坊或参观寺庙时，倘若看到了各种各样的精美雕饰，这毫不奇怪。这些场合的装点举目可见，触手可及。倘若你在室内家具上看到了考究的装潢，那也很自然不过。倘若你在普通日用品上看到了各种美饰，固然可以津津有味地观赏，但同样不必感到惊讶。那锡锅上雕刻着繁复典雅的图案，连苦力手中的瓷碗也刻满了粗犷但不失精致的纹饰。你的心中说不定还浮现出这样的思绪：这些中国的工匠啊，倘若不在毫无装饰的物品表面雕花刻图、涂彩上色，总觉着这件物品是残缺不全的，算不上真正的物件。他们甚至能在一张包装用的牛皮纸上印上极其繁复的花饰。然而，更教人意想不到的是，你随处都可以在店铺门面上看到华美装潢，亮丽图饰，那柜台上的镀金饰物或鎏金浮雕华彩照人，流光溢彩，那招牌上的店名刻字更是精致入微。店铺的装饰真可谓富丽堂皇，熠熠生辉，原本只是为了广而告之，招揽顾客，可是那些匆匆而过的行人，进进出出的主顾，无不感到赏心悦目，沉醉其中。你心中也不免冒出这样的念头：店铺的老板们必定会心爽意惬，怡然自得。只见一位店掌柜端坐在门前，吸着水烟袋，戴着一副宽大的牛角眼镜，翻看着当日的报纸，时不时抬起头来，将目光落在一件奇光异彩的装饰品上，心情感到无比舒畅。那是柜台上摆放着的长颈瓶，里面斜插着一枝茕茕独立的石竹花。

倘若你走进一贫如洗的村庄，依然能看到赏心悦目的装点与修饰。门上那一小片美丽的雕饰，减缓了门板的凝重感。窗户上一道道的格子连成了复杂而雅致的图案。纵然在人烟稀少的地带，你每走过一座小桥，都能领略到能工巧匠们的精湛手艺。那桥体用石料精心垒砌而成，错落有致，美不胜收，仿佛这些禀赋异常之人总是独具只眼，匠心独运，不论是平板桥，还是圆拱桥，无一不与周边的景观水乳交融，妙合天成。桥梁两侧的防护栏杆雕刻着昂首的雄狮，或飞舞的神龙。其中有一座桥至今令我难以忘怀。它的建造肯定是出于美观，而不是为了实用。它的桥面十分宽阔，纵然两辆马车并行也绰绰有余，但是大桥的两头各自连接着一条狭窄逼仄的小道，蜿蜒曲折地通往两个小山村。大桥与最近的城镇之间，相距竟有三十英里之远。一条宽广的大河在苍翠欲滴的小山间奔腾而过，大桥修建在大河的最狭窄处，两岸的胡桃树郁郁葱葱，浓荫蔽日。大桥是由一块块花岗岩巨石建造而成，没有见到任何防护栏杆。它凌驾在矗立挺拔的五座桥墩上，但是最中间的那座桥墩，形如一条活灵活现的巨龙，正摆动着一条长长的布满鳞片的尾巴。桥梁两侧的外立面上，刻满了浅浅的浮雕图案，这些图案轻盈洒脱，精致典雅，无比优美。

不过，纵然中国工匠们苦心孤诣，总是对装饰品精雕细镂，洋溢着清新脱俗的艺术品位，让平淡无奇的外观呈现出持久不败的异彩，竭力避免让观赏者产生视觉上的疲劳，但是你终究会感到审美疲劳的。花哨艳丽的装饰令人眼花缭乱，他们的聪明才智无法不让你感到钦佩不已。这些能工巧匠灵光频现，奇思妙想纷至沓来，而且各不相同，然而有一个事实是明摆着的，那就是这些奇思妙想毕竟是有限度的。这些手工匠人就好比是一位小提琴手，尽管琴技无比精湛娴熟，但是只能围绕一支单曲来反复演奏丰富多样的变奏。

此时此刻，我碰巧结识了一位法国医生，他在这座中国城市已行医多年。他还是一位收藏家，瓷器、青铜器、刺绣，尽收府上。来到这座小城后，我专诚叩访，他热情好客，尽示藏品，引我观赏。这些藏品的确很美，但是有点儿单调乏味，我勉强赞美了几句。突然间，我在琳琅满目的藏品中瞥见了一尊残缺不全的半身雕像。

“这可是古希腊雕像啊！”我惊讶地叫道。

“你也这么认为？很高兴你这么说。”

半身像的头和双臂已经不见，曾经完好的一整座雕像齐腰断开，只剩下腰部以上的护胸铠甲了，铠甲的中央雕刻着太阳图案，还有珀尔修斯[1]杀死巨龙的浮雕。这个半身雕像价值不大，但它是古希腊的物件，或许是因为我在中国珍宝中浸染已久，这块残片一下子让我产生了奇妙的感受。它用一种我熟悉的语言对我叙说着，使我顿感心安神宁。我俯视着这块古老的残片，用双手轻轻摩挲，内心无比欢欣喜悦，这种感受连我自己也惊诧不已。我仿佛是一个远渡重洋的水手，漂泊在某个热带海洋地界，徜徉在慵懒而可爱的珊瑚岛上，对宏伟壮阔的东方城市早已烂熟于胸，然而在不经意间，我似乎又突然来到了某个英吉利海峡的港口，置身在一个昏暗阴沉的小巷中。周边的环境寒冷潮湿，天光黯淡，肮脏污秽，然而这就

1 古希腊神话中的英雄，宙斯之子。

是英格兰。

这位医生——头发微秃，两眼放着异光——正兴奋地搓着双手。

“你知道吗，它是在离此三十英里的地方发现的，靠近西藏边境的这一侧。”

“发现的！”我大叫，“在哪儿发现的？”

“地下。它埋在地下两千多年了。除了这块残片，还发现了更多其他残片，以及一两座完整的雕像，但都破碎不堪了，只有这块幸免于难。”

竟然在如此遥远的地方发现了古希腊的雕像，真是不可思议，难以置信！

“那么，你认为这是谁的雕像呢？”我问。

“我想，这是亚历山大[1]的雕像。”他答道。

“我的天啊！”

这样的剧情真是惊险刺激。那么是否存在这样一种可能性：马其顿国王麾下的某指挥官在远征印度之后，一度进入群山阴影笼罩下的这个神秘的中国边陲角落？医生还想领我观赏精美的满族服饰，但是我思绪蹁跹，已然心不在焉。那么究竟是哪位无畏的探险家，深入到这个遥远偏僻的东方之地，建立了自己的王国？他在王国中修建了阿佛洛狄忒神庙和狄俄尼索斯神庙。在剧院里，演员们唱着安提戈涅[2]之歌；在入夜的殿堂里，游吟诗人们吟诵着史诗《奥德赛》[3]。他与部下们一边听着歌唱与吟诵，一边踌躇满志，觉得自

1　古马其顿国王，建立亚历山大帝国。

2　古希腊戏剧家索福克勒斯悲剧《安提戈涅》中的女主人公。

3　古希腊最重要的两部史诗之一，作者为盲诗人荷马。

已能够媲美史诗中的那位老水手与跟随者们。那块大理石残片激发了多么富丽堂皇的美感和多么奇妙的历险故事啊！那么，这个王国究竟存在了多久？是什么样的悲剧最终导致了它的覆没？啊，此时此刻，我的眼里已经容不下西藏的旗幡和青瓷杯了，因为我仿佛看到了庄严肃穆、美丽可爱的帕特农神庙，看到了遥远而静谧的蓝色爱琴海。

52
出类拔萃

我可能永远想不起他的名字，但是每当人们在那座港口提起他时，都公认他是个出类拔萃的能人。他约莫五十岁，长得既高且瘦，衣着考究入时，小脑袋干净利落，面部轮廓分明。他戴着一副夹鼻眼镜，一双蓝眼睛和蔼可亲，神采奕奕。他性格开朗，喜欢打趣调侃，活跃气氛，效果十分明显。他可以在俱乐部的吧台前讲讲笑话，让站着喝酒的人开怀大笑，心情舒畅。他经常对圈子里碰巧不在场的人开个阴坏的玩笑，但是也没有多少恶意。他的幽默感与生俱来，酷似音乐剧中的滑稽演员。大家伙儿一提起他，都会脱口而出：

“是啊，他要是登台表演，一定会引起轰动的。真是个出类拔萃的能人啊。”

他随时都愿意和你喝上一杯。只要你手中的杯子干了，他立刻会用那句中国话问道：

“再来一杯？”

可是他喝酒非常节制，从来都没喝高过。

“他头脑清醒，做事是很有分寸感的，”大家伙都说，“真是个出类拔萃的能人啊。”

每逢慈善募捐的时候，他总是慷慨解囊，从来都不落人后。无论是高尔夫比赛，还是台球赛，他都积极参加，随叫随到。他当时孑然一身，尚未成家。

“一个男人旅居在中国，结婚是没有任何好处的，”他说，“每到夏天，不得不把老婆送回英国消暑。儿女绕膝，其乐融融之时，又不得不把他们送回国读书。为了婚姻，你耗费无数钱财，最后却一无所获，两手空空。”

不过，圈子里任何女性同胞遇到难事，他都会出手相助，排忧解困。他能力出众，乐于助人，在怡和慈善排行榜名列榜首。他旅居中国，一晃三十年过去了，但是却几乎不会说一句中国话，反而对此引以为豪，津津乐道。他从来都不屑去那座中国人聚居的城市。可是他手下那个买办却是中国人，他还雇用了不少中国职员，当然还有伺候他的童仆，以及为他抬轿出行的苦力们。他只愿意同这些中国人打打交道，但人数也已经足够多了。

“我讨厌这个国家，讨厌中国人，”他说，“一旦我积攒了足够的钞票，我就逃之夭夭。”

他说完后哈哈大笑。

“你知道吗，我上次回国的时候，发现所有的人都对中国垃圾议论纷纷，什么绘画啊，瓷器啊，还有其他很多物件。我跟他们说，别跟我谈中国的事情。只要还有一口气在，就再也不想看到任何与中国有关的物件了。”

他转过头对我说：

“跟你说说实话吧，我家里可是没有一片中国物件。”

不过，倘若你跟他谈起伦敦的事情来，他可以随时奉陪，而且滔滔不绝。过去二十年上演过的所有音乐剧，他能如数家珍。尽管远在九千英里之外，他对丽丽·艾尔西[1]小姐、艾尔西·詹尼斯[2]小姐的行踪和动态了如指掌。他会弹钢琴，还有着悦耳动听的嗓音。你无须多费口舌，就能让他正襟危坐，给你演唱一首通俗歌曲——都是他上次回国时听来的曲子。这个人满头灰发，但是活得无比轻松快乐，真让人啧啧称奇，甚至会觉得有点不可思议。他一曲唱罢后，人们大声鼓掌。

“他可是无价之宝啊，是不是？”人们都说，“可不是嘛。真是个出类拔萃的能人啊。”

1　丽丽·艾尔西（Lily Elsie, 1886—1962），英国爱德华时代知名女演员。
2　艾尔西·詹尼斯（Elsie Janis, 1889—1956），美国著名女演员、歌手、播音员。

53

老船长

大多数船长都是非常乏味之人。但凡他们开口说话，三句不离装货卸货。轮船停靠在港口时，他们无非去货代办公室亮亮相，然后就赶往他们常去之地酒吧和妓院里厮混。他们的身上戴着浪漫的光环，都是因为他们与海洋的联系投射在他们的身上，其实这浪漫也是陆地人想象出来的。对他们来说，海洋只不过是一种谋生的手段，他们看待海洋，就如同司机看待发动机一样，都是站在非常实用的立场上。他们都是普通人，普通的劳动者，眼界狭窄，视野不宽，大多数人都没接受过多少正规教育，文化程度低得很。他们都仿佛是一个模子里浇铸出来的，既没有敏锐的思维能力，也缺乏丰富的想象力。他们性格坦直，浑身是胆，为人诚实，行事可靠，坚定不移地过着恒定不变的平淡人生。倘若把他们放在人海中，你一眼就能认出来。他们就像是立体照片中的一个物品，周围的一切都能看得清清楚楚。他们出现在你的眼前时，棱角突出，特征鲜明。

然而，谁也无法对布兹船长形成固定刻板的印象。他是一艘中国小火轮的船长，航行在长江上游各个码头之间。我是这艘轮船上的唯一乘客。我们俩同在一条船上，朝夕相处，无话不谈。他口齿伶俐，能说会道，一开口定是滔滔不绝，但是我却摸不透他的内心世界。我对他的了解与认识朦朦胧胧，一知半解。我想，正是因为他那捉摸不透的禀性，反倒激发了我追根问底的想象力。就他的外表而言，肯定也看不出什么高深莫测、不可捉摸之处。他是个大块头的男人，身高六点二英尺，体格魁梧健壮，五官丰满，脸色红润，面带善相。他开怀大笑的时候，会露出一口漂亮的金牙。他的头发谢顶严重，胡子刮得干干净净。不过，他的眉毛浓密而茂盛，甚至咄咄逼人，我以前从未见过这样的眉毛，而眉毛下的一双蓝眼睛却又十分温和。他是荷兰人，年仅八岁时就背井离乡，至今乡音未改，说话时仍带有浓重的荷兰口音。“th”这个音他是发不出来的，每次都说成了“d”。他的父亲以捕鱼为业，开着一艘纵帆船在须德海[1]上谋生，后来听说纽芬兰[2]捕鱼业兴盛发达，又拖家带口地带上妻子和两个儿子，横渡茫茫大西洋。他们在纽芬兰和哈德逊湾[3]短暂待过几年——半个世纪前，他们的日子过得非常艰难。此后，他们又驾船绕道合恩角[4]，赶往白令海峡[5]。他们靠捕猎海豹来维持生计，直到禁止捕杀令出台后，那些濒临灭绝的海洋动物才得到了拯救。久而久之，布兹也茁壮长大，摇身一变，成了一名勇敢无畏的船员。他随船在世界各地航行，做过三副，后来又做到二副。他的大半辈子都是在帆船上度过的，眼下他做到了船长的高位，虽然开着一艘蒸汽轮船，却感到很不自在。

“想当年驾着帆船那会儿，那才叫舒适惬意呢，”他说，“现在换

---

1 须德海（Zuider Zee），荷兰西北部的一个海湾。
2 纽芬兰（Newfoundland），加拿大东北角的大西洋岛屿。
3 哈德逊湾（Hudson Bay），伸入北美洲大陆的海湾，位于加拿大东北部。
4 合恩角（Cape Horn），智利南部岬角，位于南美洲最南端。
5 白令海峡(Bering Strait)，俄罗斯西伯利亚和美国阿拉斯加之间的海峡。

成了小火轮，浑身都感到不对劲儿。”

他的轮船沿着南美海岸线航行，来来回回运输硝酸盐，后来越过大西洋开到非洲西海岸，最后又返回美国缅因州捕捞鳕鱼。此后，轮船还将大宗咸鱼干货运往西班牙和葡萄牙。在马尼拉[1]的一家小旅馆，一位熟人建议他到中国海关去闯荡闯荡。于是他来到香港，当上了海关稽查员，时隔不久又接受委派，担任一艘小火轮的船长。整整三年时间，他竭尽全力追捕鸦片走私船，随后有了一点小小的积蓄，就给自己造了一艘四十五吨吃水量的纵帆船。他决定将船开往白令海峡，重操捕猎海豹的旧业，试试自己的运气。

“可是我的船员们害怕极了，”他说，“我到上海的时候，他们都弃船溜走了。由于找不到新船员，我只好把船卖了。我坐船去了温哥华[2]。”

正是打那开始，他第一次离开了大海。他遇到了一位干草叉专利推销商，答应去美国各地销售专利产品。对他这样的船员来说，这是一份奇怪的工作，也是一份失败的工作。他兜售到盐湖城的时候，雇用他的那家公司破产倒闭了，他发现自己进退维谷。几经周转，他又返回温哥华，但是仍希望过稳定的岸上生活，于是又找了一份房产经纪人的工作。他将买地的人领到现场，想方设法促成他们的交易，尽力让顾客感到满意而不后悔。

“有一个家伙买下了山坡上的一家农场，”他一边回忆过往，一边眨着蓝眼睛，“山坡陡得很，农场里的鸡都是一条腿长一条腿短的。”

又过了五年，他突然想重返中国。他在一艘西行的船上轻而易

1　马尼拉（Manila），菲律宾首都和最大的港口。

2　温哥华（Vancouver），加拿大重要港口城市。

举地找到了一份大副的工作，很快重操旧业。打那时起，他跑起了大部分的中国航线，从符拉迪沃斯托克[1]到上海，从厦门到马尼拉，在所有的大江大河中都航行过。他在这艘中国籍小火轮上工作，从二副升到了大副，最后又当上了船长。他很愿意谈未来的打算。在中国待的时间太长，他渴望在弗雷泽河边搞个农场。他还想造一条渔船，没事捕点鱼，比如三文鱼、比目鱼什么的。

“应该过点安稳的日子了，”他说，“我在海上东飘西荡，都五十三个年头了。怎么还想着干点造船之类的活，真是有点怪啊。我这人总是定不下心来只做一件事。”

这一点他倒是说对了。漂泊不定的生活已经转化为一种优柔寡断的奇特性格。他的身上有一种飘忽不定的特性，想要抓住却又无从下手。他让你联想到日本版画中雾霭缭绕、雨水朦胧的场景，那迂回曲折的艺术构思几乎很难把握。他有着独特的温和性格，这一性格出现在这位饱经风霜的老船长身上是出人意料的。

“我什么人都不冒犯，”他说，“我尽力善待每一个人。倘若有人拒绝接受安排，不认真干活，那就好言相劝。没必要搞得不欢而散。好言相劝还是蛮有用的。”

这是他的处事原则，用在中国人身上，却是不同寻常的做法。没想到的是，他的处世之道很快就得到了检验。他碰壁后回到船舱，摆摆手感叹道：

“哎，真拿他们没办法。跟他们没道理可讲。”

由此看来，他的性格虽然温和，但看上去更像是性格上的弱

1　符拉迪沃斯托克（Vladivostok），原名海参崴，俄罗斯太平洋沿岸最大港口城市。

点。不过，他也绝非愚笨之人，而且不无幽默感。有一次，轮船的吃水超过七英尺深，但是那条河最浅的地段正好也是七英尺，因此整个航道是十分危险的。如果不卸掉部分货物，港务局就扣发通行证。当时，这艘轮船所运载的是部队的军饷，即将走完最后一段航程，顺流而下需要好几天才能送达。如果把部队的军饷卸下来，部队长官肯定不同意开船的。

“是的，我得照您的吩咐去做。”布兹对港务局长说。

“等我看到五英尺的水标，就给你发通行证。”港务局长说。

“那我让代理商卸掉部分军饷吧。”

安排卸货的时候，他邀请局长去海关俱乐部，就着吧台喝酒闲聊。他们觥筹交错，你来我往，足足喝了四个小时。回船查验的时候，他毫无醉意，步履稳健，跟平时走路没什么两样。不过，港务局长不胜酒力，已喝得烂醉如泥。

“你看，轮船的吃水线下去两英尺了，”布兹船长说，“这下可以了。”

港务局长看了看船舷上的数字，清晰地看到五英尺的标识露出了水面。

“这就对了，”他说，“可以开船了。”

“我们马上出发。”船长说。

其实，一磅货物也没卸下来。一个精明的中国佬玩了心计，重新刷写了水标数字。

后来，叛乱部队盯上了我们运输的军饷，试图阻止我们离开那座滨江城市，但是他的态度尤为坚决。他不愠不恼的性格经受住了考验。他说：

“我不想待的地方，没人能强行留下我。我是这艘船的船长，一切都得听我的指令。我的指令是开船。”

那位代理商焦躁不安，声称我们一旦贸然开船，这些叛军就会开火的。一个军官一声令下，大兵们齐刷刷地单膝跪地，举起了步枪。布兹船长抬眼看了看他们。

“放下防弹罩，”他说，“开船令已经下了，让中国兵见鬼去吧。”

他发出指令，轮船起锚。与此同时，那位军官也发出了开火的命令。布兹船长站在轮船的驾驶台上，身形有些古怪。只见他穿着一件老旧的蓝色套头衫，脸红彤彤的，身材魁梧得很，看上去酷似某位古代渔民，正在格里姆斯比[1]港口的码头上悠闲漫步。他摁响了开船的铃声。他的轮船顶着噼里啪啦的枪声，鸣笛起锚，缓缓离去。

1 格里姆斯比 (Grimsby)，19 世纪英国著名港口城市。

54
问题

他们陪着我参观了那座寺庙。寺庙建在一座小山坡上，山坡背后是半圆形的浅褐色山峦，仿佛正以一种宏大庄严的方式在展示自己。他们向我介绍说，这一座座的建筑依山而建，如同精美的艺术，而最顶端的那幢楼房，是用白色大理石建造而成，宛如一颗硕大的宝石，郁郁葱葱的树木环绕四周，遮天蔽日。这位中国建筑师意在让自己的作品成为大自然的点缀，因此充分利用鬼斧神工的自然景观，来圆满他的装饰方案。他们还向我介绍，寺中所种植的树木巧夺天工，与大理石门廊相互映衬，树影婆娑，四下里斑斑点点，构成了背景底色。他们让我留意，寺庙建筑的宏伟屋顶鳞次栉比，错落有致，花团锦簇，丰富多彩，整一而和谐，令人称奇。他们向我介绍，屋顶上的一楞楞黄色瓦片，色调各不相同，人的感官不会遭受浓艳色彩的侵犯，丰富多样的色谱反而会增添情致，让人赏心悦目。他们向我介绍，门廊上的精美雕刻如何与毫无装饰的表面互相衬托，相得益彰，不会对眼睛带来任何疲劳感。我们缓步而行，穿过一间又一间别有雅致的庭院，跨过一座又一座造型神奇而形态优美的小桥，走进一幢又一幢供奉着陌生神祇的寺庙大殿，这些神祇置身于晦暗不明之处，姿态各不相同。他们就这样一次又一次反反复复向我们介绍着。不过，我最后问了他们一个问题：修建这些庄严宏伟的建筑究竟是源自什么样的精神力量？他们却无言以对。

55
汉学家

他身材高大，体形偏胖，肌肉松弛得好像缺乏足够的锻炼，宽宽的脸庞红彤彤的，胡子刮得干干净净，脑袋上爬满了灰白的头发。他开口说话时，语速很快，还透着紧张感。相对于高大的身材而言，他说话的声音一点儿也不算大。他栖身在城门外紧挨着的一座寺庙中，暂住在游客的宿舍内。三位僧侣和一个打杂的童仆管理着寺庙，主持庙内所有礼佛仪式。寺庙的房间内，有为数不多的中式家具，还有琳琅满目的经书，但是很不舒适。天寒料峭，冷气逼人，我们入座而谈的写字房内仅有一只煤油炉，供暖严重不足。

他精通中文，超过任何中国人。他耗时十年，编写了一部词典，以取代一位知名学者的词典。就个人而言，在过去二十五年中，他对这位学者很不喜欢。因此编写这部词典，既有利于他从事汉学研究，也能满足他宣泄个人的积怨。他的身上有着学者的风范，你能感受到，在不久的将来，他就会成为牛津大学的中文教授，最终能抵达功成名就的地位。与大多数精通中文的汉学家相比，他具备更加广博的文化知识。这一点你必须要相信他，但是颇为可悲的是，他对其他知识领域一窍不通。因此，谈起中国文学和中国思想，他知识渊博，经纶满腹，在研习中文的人当中也算是难得一见且不可多得的人才。由于全身心投入到自己的学术追求中，他对赛马和狩猎毫无兴致，那些欧洲人因此都视他为怪胎。他们用怀疑和异样的目光看他，就像人类总是以怀疑和异样的目光看待那些趣味另类之人。大家都认为他的神智不太正常，有的人甚至指责他还沾染了吸食鸦片的恶习。人们总是将这样的指控强加在某一类白人身上，而这些人正耗费职业生涯中的大部分时间和精力，试图熟练地掌握另一个文明。你只要在那间简陋寒碜、毫无舒适可言的房舍中待上片刻，你就知道这个人过着怎样一种纯粹精神性的苦行生活。

不过，这是一种非常专业的生活。艺术与审美似乎还没有触动他的内心世界。他在谈论中国诗人时却如此动情，我在聆听中不禁自问，人世间最美好的情感是否还没有从他的手指缝间悄然溜走。眼前的这个人仅仅通过印刷品上的文字来触摸现实。唯有李白诗句中所描写的风姿绰约的莲花，以及所隐含的凄美境界才能打动他。端庄娴静、嫣然一笑的中国少女能让他心神荡漾，但是他的心动神移仅仅是因为读了一首精雕细琢、格律优美的古诗罢了。

56
副领事

轿夫们在衙门内落下他的轿子，解开了遮风挡雨的围布。他先探出脑袋，就像一只小鸟从鸟巢口向外张望，然后伸出既高又瘦的身子，最后才迈出细长的双腿。他直愣愣地站了片刻，仿佛不知道接下来该怎么办似的。他还非常年轻，修长的四肢笨拙而不灵活，这又增加了几分稚嫩神态。他长着一张圆圆的脸庞（就颀长的身体来说，他的脑袋显得太小了），容光焕发，但稚气未脱。一双讨人喜欢的棕色眼睛机敏伶俐，坦率直白。他的官职赋予他重要的社会地位（此前不久，他还只是个翻译实习生），这一地位与他天性中的腼腆羞怯在搏斗。他将名片递给了法官的文书，文书领着他走进法庭内室，请他在椅子上就座。天寒料峭，斗室漏风，副领事穿着厚厚的防风服，心中自然感到高兴。一个衣衫褴褛的仆役端来了茶水和香烟。那位文书是一个干瘦的小伙子，身穿一件破旧不堪的黑色长袍。他在哈佛大学留过学，乐于炫耀一口流利的英语。

这时，法官走进内室，副领事起身示意。法官是一位胖墩墩的绅士，身上穿着厚重的棉袄，一张大脸盘堆满了笑容，鼻子上架着一副金丝眼镜。他们坐下后一起品茶，还吸了几口美国烟卷。他们亲切攀谈起来。法官不会说英语，但副领事的汉语张口即来，他心中不禁在想着自己的出色表现。不一会儿，仆役走过来，对法官说了几句，法官彬彬有礼地问了问副领事，是否对今天要办的差事做好了准备。通往法庭外殿的大门打开了，法官走进大殿，来到审判桌前，在一把高大的法庭椅子上就座。审判桌位于阶梯形审判室的最高处。这时他已收住笑容，不由自主地露出了与职业相称的肃穆的表情。尽管他体形臃胖，但是步态庄重，不失尊贵，令人印象深刻。他有礼貌地朝副领事示意，副领事在他身旁入座。文书站在审判桌的另一端。这时，法庭的正门突然被打开来了（对副领事来说，没有什么比洞开的大门更有戏剧性了）。犯人被带进了大堂，步速很快，充满了奇怪的慌乱感。他走到法庭大堂的中央，面对着法官，一动不动地站着。两个穿卡其制服的士兵分立在他的两旁。这个人很年轻，副领事寻思，他和自己的年纪一般大。他的身上仅穿着一条棉布裤子和一件棉布衬衫。衣服已经褪了色，但洗得干干净净。他光着头，赤着脚。他与成千上万的苦力没有什么两样。他们都穿着一成不变的蓝色布衣，出没在这座城市拥挤的街道上，你每天都要从他们身旁经过。法官与犯人面面相觑，都没有说话。副领事朝犯人的脸看了一眼，但很快垂下了目光。对于罪犯脸上一目了然的神情，他不想看下去。他突然感到窘迫不安。他低下头，看见这个人的一双小脚匀称纤细。他的双手被反绑在身后。他体形瘦小，中等身高，柔软的身体能让人联想到野生动物。他赤着美丽的双脚站在那儿，仪态举止中透着某种奇特不凡的气度。不过，副领事的目光在不知不觉中又被吸引到那张光滑圆润的鸭蛋形脸上。他的脸色乌青乌青的。副领事经常对别人察言观色，熟悉那些因为恐惧而发绿的表情。他原以为这样的表情只不过是人们的想象，但是他今天亲眼看到了。这让他感到震惊，也让他感到羞愧不安。就在这双眼睛里，在这双目不斜视、直勾勾的眼睛中（人们总是错误地认为中国人的眼睛是斜视的），在这双似乎很不自然地放大且变亮的眼睛中，在这双直愣愣地盯着法官的眼睛中，透露出某种看上去令人害怕的恐惧神态。当时，法官只问了他一个问题。那天早上，他被带到法庭大堂，仅仅是为了验明身份，他的审讯与判决早就结束了——他用洪亮而清晰的声音应答，显得毫不畏惧。就算身体出卖了他，他仍然是自己个人意志的主宰。法官发出简短的命令后，他在两位士兵的夹持下走出大堂。法官和副领事起身离座，走进门廊，来到他们的坐轿旁。犯人和看守也站在那儿。尽管双手被反绑在身后，他的嘴里含着一支烟卷。有一队士兵正在悬挑着的屋檐下躲雨，见到法官出来后，带队的军官下令列队集合。法官与副领事坐进各自的轿子。军官发出了号令，士兵们迈开步子出发。犯人走在他们的身后，保持着几码远的距离。然后是法官的轿子，走在最后面的是副领事的轿子。

他们这一队人穿行在繁忙的大街上，步履匆忙。店铺的老板们漫不经心地注视着。寒风凛冽，雨下个不停。穿着棉布衣衫的犯人全身一定湿透了。他迈着沉稳的步子，高昂着头，一副满不在乎的样子。从法官审案的衙门走到城墙有那么一段距离，这一路上差不多花了半个小时。他们来到城门口，径自出城而去。四个苦力身穿蓝色的破烂衣衫——他们看上去都是农民出身——紧贴着墙根站着，他们的身旁是一口寒碜的棺材，做工粗糙，还没有上漆。犯人从墙根走过时，朝棺材瞥了一眼。法官和副领事从轿子里走出来，那位军官命令士兵们立正。城墙的外面都是水稻田。他们将犯人带到两块稻田之间的空地上，命令他跪下。不过，军官认为地点不合适。他让犯人起身，犯人向前走了一两码远，然后又跪下。有一个士兵从队伍中出列，在囚犯的身后站好了位置，大概相距三英尺远。士兵举起步枪，军官发出行刑的命令，他扣动了扳机。犯人向前栽倒，浑身抽搐地扭动了几下。军官走到他的身旁，发现他还没有死，就用左轮手枪补了两枪。然后，他再次让士兵列队。法官朝副领事咧嘴一笑，但不是自然而然的微笑，而是怪异的笑。怪异的笑让和善的胖脸发生了痛苦的变形。

他欠着身子坐进了轿子，但是在城门口，两座轿子分道扬镳了。法官朝副领事有礼貌地鞠躬告别。轿夫们抬起副领事的轿子返回领事馆。大街上人流熙攘，道路蜿蜒曲折，世事如常，生活依然如故。他的轿子快速向前，因为领事馆的轿夫们都是精壮的小伙子。轿夫们大声吆喝着让道，连续不断，多少有点分散了他的思绪，但是他仍然思忖着：有计划地剥夺一条人命是多么可怕啊。毁灭多少代人造就的生命结晶，似乎要承担巨大的责任。人类存在的历史如此漫长，我们每个人来到人世，都是经历了无数个连绵不断的奇迹的结果。不过，与此同时，他也觉得人生是琐屑无奇的，心中不免感到困惑。人的生命多多少少也是无足轻重的。快到领事馆时，他看了看手表，才知道已经那么晚了。他吩咐轿夫们送他去俱乐部。正是喝鸡尾酒的时间了，此时此刻他多么想喝上一杯啊。他走进俱乐部，已经有十几个人站在吧台前。这些人都知道副领事那天上午的差事。

“怎么样啊，”他们问他，“亲眼看到犯人被枪决了？”

“那当然。”他大声回答道，一副满不在乎的样子。

“一枪毙命？”

“犯人还扭动了几下。”他转身对酒保说，“老样子，约翰。”

57
山城

照他们这儿的说法，太阳一照到山城，连狗都会狂吠不止的。[1]这是一座昏暗阴沉的城郭，整日里笼罩在沉沉的雾霭中。它屹立在高高的山岩上，位于两条大河的交汇处，因此，浑浊而湍急的河水能从不同的方向冲击着它。那处山岩如同一艘古老战船的船头，似乎拥有某种并非来自大自然的奇特生命力，始终战栗不已，仿佛即将融入那条同样战栗不已的河流。城郭的四周环绕着陡峭险峻的山峦。

城墙外破败不堪的房子簇拥在一起。此处，河的水位不高，有一批人生活在这个危险地带，向船工们兜售着必需品。山岩的底端停泊着上千艘帆船，鳞次栉比地紧靠在一起。帆船上船民们的生活如同那条河流一样喧嚣躁动。一段陡峭而蜿蜒的步道通向山城的大门，大门由城门楼守卫着。那些送水的苦力挑着滴水的木桶，一整天都要在这条通道上来回奔波。水从木桶里洒出来，将那条通道及连着城门的大街淋湿了，地面上仿佛下过一场大雨似的。很难在平整的路面上走上几分钟，因为这里有无数的台阶，跟意大利里维

1　这里写的是“蜀犬吠日”。

埃拉的山城差不多。城市的空间太小了，所有的街道都局促地窝在了一起，狭窄而阴暗。街道蜿蜒曲折，绵延不断，因此要找对自己的路，就像在迷宫里一样困难。大街上人头攒动，如同伦敦的剧院散场时人行道上挤满了蜂拥而出的观众。你置身在人流中，只能推搡着向前。每一顶轿子，以及苦力们肩扛着永恒不变的重负走过来时，你都得退避到一边。流动商贩们叫卖着人们所需要的每一件物品，你穿行在人流中，被挤过来又挤过去。

街道上的店铺大门敞开着，没有窗户，也没有门板，里面也挤满了人，仿佛是在举办工艺品展览会。你仿佛看到了英国中世纪街道的模样，一座小镇能够制作出人们所需要的一切生活品。各种各样的摊位紧挨在一起。如果走在一条卖肉的街道上，屠宰后的动物肉身与内脏血糊糊地挂在你的两侧，嗡嗡嗡的苍蝇在四周乱飞，几条肮脏的狗饥肠辘辘地在地下觅食。如果你经过一条纺织街，每家每户都有一台织布机，人们正忙着纺纱织布。这里还有不计其数的饭馆和食堂，浓烈的饭菜气息扑鼻而来。这里的人们每时每刻都在吃东西。通常，你会在某一个角落看到茶馆。同样，茶馆的桌旁坐满了形形色色的茶客，整日里都在喝茶吸烟。剃头匠们都是在公共场合替人剃头，你可以看到理发的时候，顾客双手交叉在一起，耐心地欠着身子。有些人正在掏耳朵，还有一些人正在刮眼皮，看上去真有点作呕。

这座山城发出上千种噪声。小贩们沿街叫卖时会敲着木锣；盲人乐手或按摩师会发出噼啪的敲打声；小酒馆里飘出男歌手的高音假唱声；举办婚丧喜事的宅子里传出响亮的铜锣声；苦力和轿夫们发出喧闹的喊叫声；乞丐们带有威胁意味的哀求声——这些乞丐瘦骨嶙峋，衣不蔽体，肮脏不堪，带病的身体令人作呕，就像是一幅幅嘲讽人类的漫画；一位沮丧而心碎的号手，没完没了地练习着永远吹不准的号音；此外，那连绵不断的交谈声、大笑声、吵架声、嬉闹声、叫喊声、争论声、絮叨声，所有这些声音如同低音小提琴演奏出来的野蛮合奏。这是永不停歇的喧嚣嘈杂声。乍一听到，不同寻常，随后再听，困惑不解，心烦意躁，到最后，简直能让你抓狂。于是你渴望获得哪怕是片刻的宁静。短暂的宁静似乎都是赏心悦目的感官享受。

混合在那令人心烦的密集人群和累人耳根的喧嚣声中的，是某种臭味。时间和阅历能教你将这种臭味与上千种不同的臭味区分开来。你的鼻孔变得灵敏起来。恶臭扑面而来，侵扰着你的神经，仿佛是劣质的乐器演奏不堪入耳的交响乐所发出来的声响。

你无法说清楚周围涌动着的成千上万的人过着什么样的生活。就你自己的同胞而言，同情与知识能提供一个支点。你可以融入他们的生活，至少能以想象的方式，而且在一定程度上能真正地了解他们。运用你的想象力，你可以按照自己的时尚风格来塑造他们。可是你与这些人互不相识，形同陌路。你对他们的人生奥秘一无所知。他们与你如此相似，不仅对你毫无帮助，反而强化了他们与你的差异。也有人能吸引你的注意——或许是一位脸色苍白的年轻人，他戴着一副宽大的牛角眼镜，腋下夹着一本书，勤奋好学的样子让你高兴；或许是一位老者，戴着一顶风帽，长着稀疏花白的胡须，透着疲惫的眼神。这位老者看上去仿佛是中国画师在山水风景画上摹绘的一位圣贤，又仿佛是康熙年代瓷画中的人物原型。其实，你还不如去看一看青砖垒砌成的城墙。你对山城人无以为凭，连他们最基本的信息你也一无所知。你的想象力陷入了困境。

不过，当你爬上山峦之巅，就会再次来到四面环绕、垛口绵延的城墙下。你穿过愁眉苦脸状的城门，就来到了城市的墓地。坟墓遍布这个地带，绵延一英里、两英里，甚至三英里、四英里、五英里，一望无际的绿色墓冢，暗灰色石块垒砌，在山坡上绵延起伏。亲友们每年一次都会来此祭奠和扫墓，向亡灵诉说活着的人如何被他们抛弃在人世，如今又怎样在生活着。这些亡灵密密麻麻地挤在一起，犹如山城里的生者一样，他们似乎也在挤压着生者的空间，仿佛要把他们逼向那条浑浊而湍急的河流中。一排排密密匝匝的坟茔给活着的人带来了某种威胁感。这些墓冢仿佛正在围攻这座山城，透着阴险与残忍，伺机破城而入。它们如同命运之神一般，最终将以不可阻挡的方式把活着的人蚕食，将密集的山城居民驱赶到它们的面前，直到占领所有的房屋和街道。绿色的坟包从山坡一路向下扩张，一直延伸到山城的水闸处。然后是终极的寂静，寂静将永驻于此，不会受到任何干扰。

这些绿色的坟茔啊，它们诡异难解，怪怖异常。它们似乎在伺机而动。

58

祭神

这是一位老妇人，只见她双颊干瘪，脸上布满深深的皱纹。三根长长的银簪插在花白的头发上，构成了奇妙的造型。她的身上穿着褪了色的蓝色布衣，一件破旧的对襟褂子打满了补丁，不长的裤子刚好没过了小腿。她赤裸着双脚，一只脚踝上还戴着银镯子。看得出，她是个没钱的穷苦人。她体形不胖，但身体还算结实，年轻时干重活应该不费什么劲，体力活干了大半辈子。她迈着不疾不徐的步子，神态从容安详，像个贵妇人。她的手里拎着一只篮子，来到港口的码头边，那里密密麻麻地停靠着五颜六色的船只。有那么一阵子，她的好奇的目光落在一只狭长的竹筏上，筏子上的渔夫正在用鱼鹰捕鱼。片刻之后，她就忙起自己的正事来。她将篮子搁在码头的石块上，贴着水边，从篮子里摸出一根红蜡烛。她将蜡烛点上，在石头的缝隙中插好。她又拿出几根线香，就着蜡烛的火苗一根根点着，又一根根插在蜡烛的四周。她取出三只小碗，掏出随身带来的一瓶祭酒，一一斟满，将它们整齐地摆成一排。然后，她又从篮子里捧出一沓沓的纸钱和纸元宝，逐一解开，好让它们烧起来容易些。她点起一堆祭火，火势一点点旺起来，她一一端起小碗，将祭酒泼洒在香火前的地面上。她朝冥冥中拜了三拜，口中念念有词。她拨了拨焚烧的供品，火苗烧得更旺了。她倒干三只小碗中的祭酒，又一次拜了三拜。周围的人谁都没有注意到她的一举一动。她从篮子里又拿出一沓纸钱，投入那堆祭火中。最后，她提起篮子转身离去，没有一点拖沓，步子依旧不疾不徐，但显得相当凝重。神明已得到了恭敬的祭拜。她就像一位苍老的法国农妇，忙完了一天的家务活后，心满意足，又要忙着去做别的事情了。

（全书完）

在中国屏风上

作者 _ [英] 威廉 · 萨默塞特 · 毛姆　译者 _ 张和龙 晏凯

产品经理 _ 周娇　装帧设计 _ 肖雯　产品总监 _ 李佳婕
技术编辑 _ 顾逸飞　责任印制 _ 刘淼　出品人 _ 许文婷

营销团队 _ 王维思

果麦
www.guomai.cn

以 微 小 的 力 量 推 动 文 明

图书在版编目（CIP）数据

在中国屏风上 / (英) 威廉・萨默塞特・毛姆著；张和龙，晏凯译. -- 天津：天津人民出版社，2023.7（2024.1重印）
ISBN 978-7-201-19484-4

Ⅰ. ①在… Ⅱ. ①威… ②张… ③晏… Ⅲ. ①游记－作品集－英国－现代 Ⅳ. ①I561.65

中国国家版本馆CIP数据核字（2023）第096994号

在中国屏风上
ZAI ZHONGGUO PINGFENG SHANG

出　　版	天津人民出版社
出 版 人	刘　庆
地　　址	天津市和平区西康路35号康岳大厦
邮政编码	300051
邮购电话	022-23332469
电子信箱	reader@tjrmcbs.com
责任编辑	康悦怡
产品经理	周　娇
装帧设计	肖　雯
制版印刷	北京盛通印刷股份有限公司
经　　销	新华书店
	果麦文化传媒股份有限公司
开　　本	880毫米×1230毫米　1/32
印　　张	7.75
印　　数	7,001-12,000
字　　数	180千
版次印次	2023年7月第1版　2024年1月第2次印刷
定　　价	48.00元